MON BON GROS
ZOMBIE
DE POISSON ROUGE

Mo O'Hara

Illustrations de Marek Jagucki

Traduit de l'anglais par
Sylvie Trudeau

Éditeur : François Doucet
Traduction : Sylvie Trudeau
Révision linguistique : Féminin pluriel
Correction d'épreuves : Nancy Coulombe, Audrey Faulkner
Illustrations de la couverture et de l'intérieur : © 2013 Marek Jagucki
Montage de la couverture : Mathieu C. Dandurand
Mise en pages : Mathieu C. Dandurand
ISBN papier : 978-2-89752-579-8
ISBN PDF numérique : 978-2-89752-580-4
ISBN ePub : 978-2-89752-581-1
Première impression : 2015
Dépôt légal : 2015
Bibliothèque et Archives nationales du Québec
Bibliothèque Nationale du Canada

Éditions AdA Inc.
1385, boul. Lionel-Boulet
Varennes, Québec, Canada, J3X 1P7
Téléphone : 450-929-0296
Télécopieur : 450-929-0220
www.ada-inc.com
info@ada-inc.com

Diffusion
Canada :   Éditions AdA Inc.
France :   D.G. Diffusion
                Z.I. des Bogues
                31750 Escalquens — France
                Téléphone : 05.61.00.09.99
Suisse :   Transat — 23.42.77.40
Belgique :   D.G. Diffusion — 05.61.00.09.99

Imprimé au Canada

Participation de la SODEC. $\int$ ODEC
Nous reconnaissons l'aide financière du gouvernement du Canada par l'entremise du Fonds du livre du Canada (FLC)
pour nos activités d'édition.
Gouvernement du Québec — Programme de crédit d'impôt pour l'édition de livres — Gestion SODEC.

**Catalogage avant publication de Bibliothèque et Archives nationales du Québec
et Bibliothèque et Archives Canada**

O'Hara, Mo

[My Big Fat Zombie Goldfish. Français]
Mon bon gros zombie de poisson rouge
Traduction de : My Big Fat Zombie Goldfish.
Sommaire : t. 2. Mal de mer.
Pour enfants de 8 ans et plus.
ISBN 978-2-89752-579-8 (vol. 1)
ISBN 978-2-89752-582-8 (vol. 2)

I. Trudeau, Sylvie, 1955- . II. O'Hara, Mo. Seaquel. Français. III. Titre. IV. Titre : My Big Fat Zombie Goldfish.
Français. V. Titre : Mal de mer.

PZ23.O32Mo 2015   j823'.92   C2015-940481-9

À ma Famille, dont le soutien est indéfectible :
Guy, Daniel, Charlotte, ma mère et mon père, JoAnne
et, bien sûr, mon grand Frère, qui a embrassé
en grandissant l'une des professions les moins
diaboliques que je puisse imaginer en devenant...
libraire.

UNE HISTOIRE
FRANCHEMENT CHOQUANTE

CHAPITRE 1

LE SCIENTIFIQUE DIABOLIQUE

Hier, mon grand frère Mark s'est transformé en un réel **SCIENTIFIQUE DIABOLIQUE**. J'veux dire, il a toujours été diabolique la plupart du temps... Vous savez, il m'a lancé des trucs ou m'a poussé sur des trucs, m'a enfermé dans des trucs (ou m'a embarré dehors), m'a écrasé sous des trucs ou entre des trucs, cette sorte de choses tout à fait diaboliques la plupart du temps. Mais récemment, son échelle de diabolisme est passée de « diabolique la plupart du temps » à « presque tout le temps diabolique »... Ç'a commencé par sa façon de parler :

— Hé ! Tom ! m'a-t-il crié. Télécommande ! Maintenant !

Mark s'est mis à parler par monosyllabes comme si son cerveau avait ratatiné ou quelque chose comme ça. Il a pris la télécommande et m'a éloigné en me donnant un coup de pied.

— Crétin, a-t-il murmuré ensuite.

Mon meilleur ami, Pradeep, qui habite à côté de chez moi, dit que « crétin » est un mot que les grands frères utilisent pour parler de leurs petits frères. C'est aussi comme ça que l'appelle son frère Sanj, qui est lui aussi diabolique la plupart du temps. Heureusement, Sanj est pensionnaire ; il est donc diabolique la plupart du temps avec Pradeep seulement pendant les vacances scolaires.

J'ai dit à m'man que Mark était de plus en plus diabolique, mais m'man dit que c'est juste à cause de ses «aumônes». Je pense donc que c'est pour ça que mon frère me fait don de beaucoup de choses, surtout de coups et de paroles désagréables. Elle dit qu'il ne peut pas s'empêcher d'agir diaboliquement (enfin, elle n'a pas vraiment dit «diaboliquement», mais elle aurait dû). Elle dit que c'est parce qu'il a beaucoup d'«aumônes» qui lui courent dans le corps.

Et juste au moment où j'ai imaginé que Mark ne pouvait pas devenir plus diabolique qu'il ne l'était déjà, grand-papa et grand-maman lui ont offert une boîte de chimie pour son anniversaire. C'est une énorme boîte avec de grosses lettres à l'allure officielle sur le devant :

AVERTISSEMENT!
Pour enfants de plus de 12 ans seulement.
Utiliser uniquement sous la supervision d'un adulte.

Pendant que je lisais ce qui était écrit sur la boîte, Mark m'a donné une taloche sur la tête, par-derrière.

— T'avise pas d'y toucher... Tu piges? m'a-t-il dit.

Je me suis éloigné en me frottant la tête. Surtout parce que j'avais mal, mais aussi pour enlever ma tête de là au cas où il déciderait de me frapper encore une fois.

Il a sorti un sarrau de laboratoire blanc et a regardé tout ce qui se trouvait dans la boîte. Il y avait des flacons et des éprouvettes, et des béchers et des petits bâtons pour brasser, tous en verre. En vrai verre qui pouvait se briser! M'man a regardé la boîte de chimie et s'est penchée vers moi.

— Peut-être que tu ne devrais pas y toucher, mon chéri. Un accident est si vite arrivé, a-t-elle dit.

Mark a enfilé le sarrau et s'est retourné. Il a replié le collet, enfoncé ses mains dans les poches et a lentement esquissé un sourire sinistre. Et, vous savez, cette sensation de chatouillement que vous ressentez quand vous laissez un mille-pattes vous grimper

sur le bras? Eh bien, moi, je l'ai sentie, mais dans mon ventre.

Mark venait de se transformer en **SCIENTIFIQUE DIABO- LIQUE**. Mais je n'savais pas encore à quel point il pouvait être diabolique avant qu'il arrive le lendemain avec le poisson rouge.

CHAPITRE 2

UN POISSON DANS UN SACHET

Bon, on avait déjà eu des poissons rouges avant. On les avait gagnés à une fête de la paroisse en lançant des balles de ping-pong dans les petits bocaux dans lesquels ils nageaient. Mais ils n'avaient pas vécu bien longtemps. M'man a dit que c'était parce que les poissons avaient eu une commotion cérébrale à force de recevoir des balles de ping-pong sur la tête.

J'ai déjà eu une commotion quand j'avais quatre ans, après être entré accidentellement tête première dans la porte que Mark avait « accidentellement » fermée en la claquant au même moment où il avait « accidentellement » crié : « Cours, Tom, cours. » Ça, c'était dans le temps où il était juste diabolique la plupart du temps.

Je me rappelle que la docteure m'a regardé les yeux avec une mini lampe de poche et qu'elle m'a demandé si je pouvais nommer tous les Télétubbies. Je lui ai répondu que les Télétubbies étaient nuls, puis j'ai vomi sur ses souliers. Pas pour être méchant, juste parce que j'avais envie de vomir, vous savez. Elle a dit que j'avais une commotion et que je devais passer la nuit à l'hôpital pour qu'ils puissent garder un œil sur moi.

Alors, le jour après avoir reçu sa boîte de chimie, Mark est revenu de l'école avec un poisson rouge dans un petit sachet de plastique, et il est tout de suite allé en haut. M'man et moi, on l'a suivi.

— T'es allé à une fête ? je lui ai demandé.

— Crétin, qu'il m'a dit en me jetant un regard noir tandis qu'il enlevait ses écouteurs de ses oreilles. Il vient de l'animalerie. Pour l'école. Semaine des sciences.

— Pourquoi as-tu besoin… ? a commencé à lui demander m'man, lorsque Mark lui a mis dans les mains une lettre qu'il a prise dans son sac.

— La classe 7M fera des expériences sur les effets de la pollution sur les populations marines, a-t-elle lu à haute voix. Les élèves vont montrer demain des photos de leurs expériences au reste de la classe.

Elle a regardé Mark.

— D'accord, si c'est pour des devoirs, a-t-elle dit en redescendant l'escalier. Au moins, tu fais quelque chose de vert.

Mark a enfilé son sarrau blanc et a sorti sa boîte de chimie. Alors qu'il vidait la boîte, j'ai senti encore une fois un mille-pattes me chatouiller le ventre. Pour bien faire, Mark aurait dû, à ce stade, pousser des rires sadiques de **SCIENTIFIQUE DIABOLIQUE** dans le genre « Mwahaha ! », mais j'imagine qu'il en était encore à son apprentissage.

— Mark, a alors crié m'man d'en bas, surveille ton frère pendant que je vais faire une course au magasin. Je reviens bientôt.

J'ai entendu la porte se fermer, puis j'ai levé les yeux vers Mark.

Normalement, dès que m'man partait, Mark commençait à agir de manière diabolique la plupart du temps avec moi. Comme la fois où il m'avait pris à lire sa toute nouvelle bande dessinée *Attaque du zombie mort-vivant*. Il m'avait alors ligoté dans des serviettes de plage et m'avait coincé dans la trappe pour le chien de la porte d'en arrière, jusqu'à ce que les voisins se plaignent de mes cris et que m'man doive revenir du travail exprès pour me libérer. Oh ! Le bon vieux temps des journées diaboliques la plupart du temps. Mais maintenant qu'il était devenu un vrai **SCIENTIFIQUE DIABOLIQUE**, il était trop occupé pour penser à des endroits dans lesquels ou sous lesquels il pourrait me coincer. Il y avait certainement moins de torture pour moi, mais beaucoup plus de cris.

— Touche à rien, crétin, a grogné Mark en se dirigeant vers le placard de l'entrée.

Il en est revenu avec le bocal de nos anciens poissons rouges, est allé le remplir au lavabo de la salle de bain et y a jeté son poisson. J'ai collé mon visage contre la vitre du bocal. Ce poisson rouge était bien plus gras que ceux que nous avions gagnés à la fête. Il avait de gros yeux exorbités, une longue queue et trois nageoires. En plissant suffisamment les yeux, on aurait pu le comparer à une sirène très laide avec des yeux d'insecte. Et là, alors que je plissais les yeux pour le regarder de nouveau, le poisson m'a fait un clin d'œil. Mark était trop occupé à lire l'étiquette d'un des bocaux de chimie pour le remarquer. Le poisson a nagé jusqu'à la paroi du bocal et m'a observé à travers le verre, en ouvrant et fermant

tour à tour sa petite bouche. Ça peut paraître dingue, je sais, mais je jure qu'il avait l'air de me dire : « Aide-moi. »

Mark a dévissé le couvercle du bocal. Et le mille-pattes s'est agité de plus belle dans mon ventre. Mark a ensuite sorti les éprouvettes et a fait un mélange avec une mixture d'un vert plutôt repoussant.

— Qu'est-ce que tu fais ? lui ai-je demandé.

— Je pollue, a-t-il grogné.

Et il a versé un peu de la substance verte dans l'eau du bocal.

— Arrête ! Ça pourrait faire mal au poisson ! lui ai-je crié en essayant d'attraper la bouteille.

Mark m'a poussé sur la moquette d'une main pendant qu'il ajoutait de la poudre brune et des flocons gris dans le bocal. J'ai essayé de me relever, mais il me retenait fermement en appuyant ses espadrilles pointure 7 sur ma poitrine. Il a attrapé son téléphone et a pris une photo du poisson qui nageait en rond dans l'eau visqueuse et trouble.

— Qu'est-ce que… ça va faire… au poisson? ai-je dit en expirant le peu qui restait d'air dans mes poumons.

— C'hais pas, a-t-il dit. C'est ça mon expérience.

Il a ri d'un rire tout à fait digne d'un **SCIENTIFIQUE DIABOLIQUE**. Sapristi qu'il apprenait vite! Puis, il a remis son téléphone dans sa poche.

— J'vais revenir un peu plus tard pour prendre une autre photo, et ensuite j'vais pouvoir le jeter dans la toilette, a-t-il ajouté.

Mark a alors enlevé son pied de sur mon t-shirt, et j'ai pris une grande bouffée d'air.

— Jeter quoi dans la toilette? ai-je dit en toussant.

— Le poisson, qu'est-ce que tu penses, idiot.

Il a remis ses écouteurs sur ses oreilles et s'est dirigé vers l'escalier en me criant :

— Oublie pas, touche à rien, crétin. Pigé ?

— Pigé, ai-je répondu.

Mais en fait, j'avais rien pigé du tout. Je me suis relevé et j'ai essayé d'effacer la trace de chaussure que Mark avait laissée sur mon t-shirt. Puis, j'ai jeté un coup d'œil au bocal du poisson. Ça ne semblait pas aller trop fort pour lui. Le poisson se tortillait dans le bocal et avalait de grandes gorgées d'eau boueuse. Puis, il a nagé vers la paroi de verre encore une fois.

J'ai regardé à mon tour à travers l'eau verte et trouble, directement dans les gros yeux globuleux du poisson, et j'ai fait la chose la plus dangereuse que je n'ai jamais faite dans ma courte vie.

Je l'ai touché.

CHAPITRE 3

POISSON 999

J'ai fait plus que le toucher. J'ai mis la main dans le bocal, je l'ai pris entre mes doigts et j'ai couru jusqu'à la salle de bain.

— Viens, mon poisson. Tiens bon. Ça va aller, maintenant, lui ai-je marmonné pendant que je courais.

Le poisson était couvert de fange verte et il était sur le point d'avoir une attaque dans mes mains. Au moins, il bougeait toujours, mais ça n'allait pas durer, tout enduit comme il l'était. J'ai essayé de le tenir dans une main pendant que je tournais le robinet pour essayer de le laver, mais je le sentais se tortiller à travers mes doigts.

Puis, tout à coup, floc! Il m'a glissé des mains et a amerri dans la toilette.

Plouf!

Je me suis jeté à côté de la cuvette. Le poisson a fait comme un petit saut et a agité sa queue, puis il s'est immobilisé et s'est tourné sur le côté. Tous nos autres poissons rouges faisaient ça aussi, juste avant de se retourner sur le dos pour de bon et mourir.

J'ai couru jusqu'à ma chambre pour aller chercher mon émetteur-récepteur.

— Tom à Pradeep. Répondez, Pradeep. À vous, ai-je dit.

— 8-3, a répondu Pradeep. J'veux dire 6-1... heu... 10-4... De toute manière, j'suis là. À vous.

— Pradeep, c'est une alerte rouge! j'ai crié. À vous. Vite!

Quand on était en première année, nous avions convenu d'un code pour les choses super importantes.

Jaune pour les choses comme : filles à la ronde!

Bleu pour les choses comme : un chien est en train de déterrer nos vieux sacs repas pourris que nous avions enterrés !

Orange pour les choses comme : prof ou parent à l'horizon !

Rouge pour les choses les plus importantes que vous puissiez imaginer, comme : des créatures bizarres envahissent notre quartier ! Ou : des éléphants évadés du zoo sont en train de piétiner le terrain de jeux ! Ou : quelqu'un assassine un poisson rouge !

N'essayez pas de comprendre notre système, il n'a rien à voir avec les feux de circulation ou quelque chose comme ça. Le code correspond à la couleur des jujubes que nous mangeons, des moins bons aux meilleurs.

— J'arrive en double vitesse, a dit Pradeep, puis il a raccroché.

J'étais encore en train de regarder le poisson mal en point dans la toilette quand Pradeep est arrivé en montant l'escalier quatre à quatre.

— Ici, lui ai-je crié.

— Qu'est-ce qui se passe ? m'a-t-il demandé.

J'ai montré le poisson du doigt.

Pradeep s'est penché et l'a regardé attentivement.

— T'es allé à une fête ? m'a-t-il demandé.

— Non, c'est le poisson de Mark, ai-je dit. Ça fait partie de son plan de **SCIENTIFIQUE DIABOLIQUE**, de tuer un poisson rouge avec une substance verte de **SCIENTIFIQUE DIABOLIQUE**.

Nous nous sommes penchés au-dessus de la cuvette et nous avons fixé le poisson de nouveau.

— Aurais-tu appris quelque chose qui pourrait l'aider lors de ta journée sur les premiers soins chez les louveteaux? lui ai-je demandé avec espoir.

— On n'a pas parlé des poissons rouges, a-t-il dit.

Le poisson s'est retourné d'un côté, puis de l'autre, puis sur le dos.

— Oh non! Ventre en l'air, ça veut dire qu'il va mourir! ai-je crié.

J'ai mis la main dans la cuvette et j'ai mis le poisson sur le ventre, mais il s'est tout de suite retourné sur le dos quand je l'ai lâché.

— Pradeep, il faut faire quelque chose! Vite! ai-je ajouté. Je lui ai dit qu'il allait s'en tirer. Il compte sur moi.

— Il faudrait lui faire la RCR, a dit Pradeep. Avec une personne, il faudrait appuyer sur sa poitrine et se mettre à compter ou lui donner une décharge électrique avec ces grosses piles fixées à des plaques comme celles qu'ils ont dans les hôpitaux. J'ai vu ça à la télé.

— On a des piles, ici, ai-je dit.

J'ai couru jusqu'à ma chambre et j'ai sorti la pile de mon réveille-matin. Puis, je suis reparti en courant dans la salle de bain, où Pradeep avait déposé le poisson sur une tablette à côté du lavabo. J'ai mis le pôle positif de la pile sur le poisson, et FLIP! Il a sursauté. J'ai regardé Pradeep, puis j'ai recommencé. FLIP, FLOP! Cette fois, le poisson a commencé à gigoter comme il l'avait fait la première fois que je l'avais sorti du bocal. Nous avons vite rempli le lavabo et y avons jeté le poisson.

Et il a recommencé à nager!

— Nous avons réussi! ai-je dit.

Pradeep et moi avons fait notre petit rituel de tope là de célébration. Claquer nos mains les unes contre les autres deux fois en haut, deux fois en bas, coups de coude, coups de genou, coups de poing, gauche, droite, gauche, droite, puis le cri « On est les meilleurs! » lancé en même temps qu'on se frappe les poings au milieu.

— Tu l'as ramené à la vie d'un coup de pile, a dit Pradeep. Comme Frankenstein dans le film. Hé, on pourrait l'appeler Frankie comme le monstre du film.

— Salut, Frankie, ai-je dit en donnant des petits coups sur le côté du lavabo.

Il a arrêté de nager et s'est retourné lentement. Et c'est là, je peux le jurer, qu'il m'a regardé directement dans les yeux et qu'il m'a fait un clin d'œil.

CHAPITRE 4

FRANKENPOISSON

— T'as vu ça? ai-je dit en me retournant vers Pradeep.

— Quoi? Pradeep était en train de s'essuyer les mains sur la serviette de toilette.

— La manière dont Frankie m'a regardé. Il m'a fait un clin d'œil!

J'ai regardé le poisson rouge de nouveau, mais il avait l'air d'un poisson rouge comme tous les autres poissons rouges. Vous savez, quand un de leurs yeux regarde le mur et que l'autre œil regarde dans votre narine gauche en même temps.

— Oublie ça, j'ai dit en secouant la tête. Il faut ramener Frankie dans son bocal avant que Mark s'aperçoive qu'il a disparu. Sinon...

— Il va te manger tout rond, a dit Pradeep en terminant ma phrase.

Nous avons couru dans la chambre de Mark chercher le bocal rempli d'eau verte visqueuse.

— Tu peux pas le remettre dans le bocal, a dit Pradeep. Ça va l'achever.

— On peut pas le mettre dans de l'eau fraîche non plus, ai-je dit. Mark va le remarquer et il va me tuer. Et ensuite, il va tuer Frankie !

Nous sommes retournés dans la salle de bain en courant, nous sommes assis sur le radiateur et avons observé Frankie qui nageait en rond dans le lavabo.

Puis j'ai eu une idée.

— Hé, pourquoi on ferait pas de l'eau verte avec un produit qui n'est pas dangereux ? Tu te rappelles ce colorant vert que ta mère a utilisé pour colorer des aliments à la dernière Saint-Patrick ? J'veux dire, si c'est

OK pour les gens d'en manger, ça devrait être OK pour un poisson d'y nager, n'est-ce pas?

— Il va falloir que ce soit le cas, dit Pradeep après avoir réfléchi pendant un instant.

La mère de Pradeep n'est pas irlandaise, elle aime simplement beaucoup les célébrations de toutes sortes. Vous pouvez nommer n'importe quelle journée de fête, et vous pouvez être certain que la mère de Pradeep a donné une fête pour la célébrer. Lorsque nous sommes allés chez eux pour son thé de la Saint-Patrick, elle avait teint tout

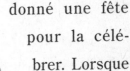

ce qu'elle avait touché en vert. On avait même des sandwichs aux doigts de dame verts. Et c'est juste quand j'ai voulu manger ces fameux sandwichs que je me suis rendu compte que ce n'étaient pas vraiment des sandwichs aux doigts... Il y avait des sandwichs verts ET des doigts de dame verts.

Qui, en passant, ne sont même pas vraiment de vrais doigts de madame.

Publicité trompeuse, totalement. Et elle avait fait des laits frappés verts et des petits gâteaux verts avec du glaçage vert. C'était super, sauf que si tu manges dix-sept petits gâteaux l'un après l'autre, ça veut dire que tu vomis vert.

— Il faut qu'on aille chercher du colorant alimentaire vert dans votre cuisine, ai-je dit à Pradeep.

— Je ne peux pas aller chez moi, a dit Pradeep. Parce que ma mère va m'obliger à rester pour la fête-pyjama sur le thème du jeu d'échecs qu'elle donne pour la Saint-George.

J'ai regardé Pradeep d'un air qui voulait dire «Je te demande pas pourquoi elle fait ça!». Il a tout de suite compris et m'a répondu :

— Elle s'imagine que saint George aurait bien aimé ce genre de fête en son honneur. Parce que, tu sais..., c'est un chevalier?

Il a fait une pause.

— Je lui ai dit que ça ne fonctionnait pas, a-t-il ajouté.

— Tant pis. OK, je vais y aller moi-même et rapporter le colorant alimentaire, ai-je dit.

En me dirigeant vers l'escalier, j'ai entendu le «boum, boum, boum» de la musique de Mark qui venait de ses écouteurs. Je me suis dit qu'il devait être étendu sur le canapé juste à côté de l'escalier. Pas moyen de passer sans me faire remarquer.

— Bon, je vais prendre notre voie de secours numéro 5.

Pradeep et moi, nous avions prévu 16 différents itinéraires d'évasion de chacune de nos maisons, en cas d'alerte rouge. L'itinéraire numéro 5 était celui qui consistait à sortir par la fenêtre de la salle de bain.

— Pradeep, il va falloir que tu empêches Mark de venir en haut avant mon retour.

— Tu peux compter sur moi, a dit Pradeep. Je vais imaginer quelque chose pour le tenir occupé.

Il m'a fait un signe en levant les pouces, puis il a pris une profonde inspiration et est descendu dans la salle de séjour, où Mark était affalé sur le canapé devant la télévision.

— Est-ce que je peux te dire que c'est un bien beau sarrau de scientifique que tu portes là, lui a dit Pradeep.

Je l'ai entendu commencer à raconter à Mark l'émission spéciale qu'il avait regardée sur la chaîne

Animaux sauvages où l'on montrait ce que l'on pouvait réellement trouver dans l'estomac d'un crocodile.

Il était temps d'emprunter l'itinéraire de secours numéro 5. J'ai ouvert la fenêtre de la salle de bain et je suis monté sur le couvercle de la toilette pour enjamber le rebord de la fenêtre et atterrir sur le toit du garage. Soudainement, le toit du garage paraissait beaucoup plus loin que sur le dessin que nous avions fait dans le calepin de Pradeep. Mais pas question de rebrousser chemin. J'ai enjambé la fenêtre. Puis, j'ai entendu un plouf et un ploc. Avant même de me retourner, je savais ce qui avait fait ce son. C'était celui d'un poisson rouge mouillé qui tombait sur le carrelage de la salle de bain.

CHAPITRE 5

UN POISSON ROUGE HORS DU COMMUN

— Non, Frankie ! ai-je dit en sautant de la toilette pour le prendre dans mes mains repliées.

Il s'est mis à gigoter pendant que je le laissais de nouveau tomber dans le lavabo. Il a fait deux fois le tour de son bassin, puis il est revenu à la surface pour me regarder directement dans les yeux, les siens brillant d'un éclat tirant sur le vert.

— Toi, tu restes ici. Je reviens bientôt.

Je suis remonté sur le bord de la cuvette et j'ai poussé la fenêtre de nouveau, l'ouvrant suffisamment pour pouvoir me glisser à l'extérieur. C'est là que j'ai entendu un autre plouf puis que j'ai senti un courant d'air à côté de moi.

Un éclair vert et mordoré a effleuré mon oreille droite alors que Frankie faisait un bond pour sortir par la fenêtre. J'ai sorti la tête juste à temps pour le voir amerrir dans une flaque de pluie sur le toit du garage. Sautant de la toilette, j'ai fouillé dans la corbeille pour prendre le sachet de plastique dans lequel il était arrivé. C'était trop bizarre. Frankie voulait réellement sortir de la maison. Aucun des poissons rouges gagnés à coups de balle de ping-pong n'avait fait quelque chose de la sorte.

Après avoir rempli le sachet d'eau du robinet, je me suis précipité sur le toit.

— J'imagine que tu vas m'accompagner, dans ce cas, ai-je dit en prenant Frankie dans la flaque d'eau et en le laissant tomber dans le sachet de plastique.

J'y ai fait un nœud, puis je l'ai tenu entre mes dents pendant que je descendais du toit du garage. J'ai senti le couvercle du bac à compost sous mes pieds. J'y suis! De là, j'ai sauté sur la pelouse. La voie de secours numéro 5 était un succès (même en transportant un poisson). Victoire!

J'ai couru vers le devant de la maison et j'ai jeté un coup œil par la fenêtre. Je voyais le dos de Pradeep. Il était assis sur une chaise, et Mark se tenait devant lui et lui montrait sa boîte de chimie. Si seulement Pradeep pouvait retenir Mark en bas encore un peu plus longtemps, Frankie et moi on serait de retour avant même qu'il remarque quoi que ce soit. En quelques instants, j'étais rendu devant la porte de derrière de la maison de Pradeep et je l'ouvrais tout doucement.

Sa mère était à l'intérieur en train de faire du maïs soufflé. Les grains de maïs éclataient si fort qu'elle n'a pas entendu s'ouvrir la porte. Elle trempait certains morceaux de maïs soufflé dans le chocolat blanc fondu et d'autres, dans la confiture de fraises. Puis, elle les disposait sur une assiette pour créer des blasons rouge et blanc au motif de la croix de saint George.

— Samina, a-t-elle crié, peux-tu venir aider maman à sortir nos assiettes de fête ?

Sami est arrivée en courant dans la cuisine vêtue de son pyjama de sirène, avec une queue bleu et vert qui ondoyait derrière elle. La queue s'est prise dans la porte, ce qui l'a fait tomber sur le sol avec un bruit sourd. Je me suis couvert la bouche de mes deux mains pour qu'elle ne m'entende pas rire.

Et avant que vous disiez quoi que ce soit, je tiens à vous signaler que rire des petites sœurs qui font des trucs complètement stupides n'est tout à fait pas diabolique, ni même diabolique la plupart du temps. C'est juste normal.

Pendant que la mère de Pradeep est allée l'aider, Frankie et moi on s'est dirigés vers le placard où elle gardait tous les articles de fête. Je me suis accroupi derrière le comptoir et j'ai mis le sachet de Frankie sur le sol pour pouvoir ouvrir le placard et fouiller à l'intérieur.

— Samina, aimerais-tu lécher le bol de chocolat? lui a demandé la mère de Pradeep en remettant Sami sur ses pieds et en se retournant pour aller porter les assiettes de maïs soufflé au chocolat et à la confiture de fraises dans le séjour.

J'ai entendu la porte de la cuisine qui se refermait derrière elle.

Sami a trottiné à pas hésitants vers le comptoir derrière lequel nous étions cachés.

— Bol, a-t-elle annoncé sur ce ton vraiment sérieux que prennent les petits enfants pour nommer les choses.

Elle a plongé ses mains dans le bol, les a frottées contre la paroi, puis a commencé à lécher le chocolat. Puis, elle a poussé un cri perçant :

— Poissonnet ! Poissonnet !

J'ai jeté un coup d'œil derrière le coin du comptoir et j'ai vu Sami qui sautait sur place et Frankie qui faisait des ronds avec sa queue et qui agitait ses nageoires en même temps pour faire rouler le sachet de plastique vers elle. Comment avait-il su faire ça ?

— Poissonnet ! Poissonnet ! a de nouveau crié Sami.

Je suis sorti d'un bond de derrière le comptoir.

— Chuuut, Sami !

Sa lèvre inférieure a commencé à s'agiter comme un avertissement de tremblement de terre du genre : cette crise va atteindre neuf sur l'échelle de Richter.

Je me suis penché pour prendre Frankie et je l'ai tendu à Sami. Elle a agrippé le haut du sachet avec ses doigts collants de chocolat fondu.

— J'veux dire, chuuut, tranquille, petit poisson, j'ai murmuré.

— Chuuut, petit poissonnet, a-t-elle ajouté en rigolant, elle a ensuite regardé Frankie dans le sachet.

— Froufrou, petit poissonnet, a-t-elle dit.

J'ai couru jusqu'au garde-manger et je me suis mis à chercher. Farine, sucre, décorations en sucre, glaçage, petits dragons en massepain... Ah ah! Colorant alimentaire. J'ai attrapé la petite bouteille verte et je suis retourné en courant près de Sami et Frankie.

Sami tenait toujours le sachet, mais elle était beaucoup plus tranquille désormais. Elle murmurait «froufrou, petit poissonnet» sans arrêt. Frankie la dévisageait de ses gros yeux verts protubérants, et elle, elle regardait tout droit devant elle. Qu'est-ce qui se passait avec ce poisson rouge? Il pouvait survivre à de la fange toxique, sauter par la fenêtre, et maintenant il réussissait à faire se tenir tranquille la petite fille la plus bruyante de la planète. Tandis que j'observais Frankie, une petite lumière s'est allumée quelque part dans un recoin de mon cerveau.

Les yeux verts phosphorescents de Frankie. Ils avaient le même regard fixe que les morts-vivants des bandes dessinées de Mark utilisaient pour hypnotiser les gens. C'était le même regard qu'avait Sami! Un de

ses yeux fixait le mur pendant que l'autre regardait à l'intérieur de ma narine gauche.

Elle avait un regard de poisson rouge!

Peut-être que je n'avais pas sauvé Frankie du tout quand je lui avais administré des décharges avec la pile? Peut-être que je l'avais ramené de chez les morts..., et maintenant Frankie était devenu un bon gros zombie de poisson rouge! Et d'une manière ou d'une autre, il avait hypnotisé la petite sœur de mon meilleur ami.

CHAPITRE 6

TRANSFORMATION DE LA BAMBINE ZOMBIE

Il faillait que j'aille retrouver Pradeep. Il saurait quoi faire, lui. Peut-être qu'ils avaient appris comment s'occuper des petites sœurs hypnotisées, chez les louveteaux. J'ai attrapé la main gluante de chocolat de Sami et je me dirigeais vers la porte de derrière avec elle juste au moment où la mère de Pradeep revenait dans la cuisine.

— Oh! Bonjour, Tom. Je croyais que Pradeep était parti jouer chez toi. Il n'est pas avec toi?

— Heu, bonjour, madame Kumar, heu... Pradeep m'a demandé de venir chercher Sami, parce que ma mère a dit qu'elle pouvait venir jouer avec le nouveau

poisson rouge que nous avons eu, ai-je marmonné.
Vous êtes d'accord ?

— Froufrou, petit poissonnet, a répété Sami.

— Dis à ta mère que c'est bon, mais que Pradeep
devrait ramener Samina dans une demi-heure pour
le souper. Voudrais-tu venir souper avec nous ? Je
pourrais…

— D'accord, ai-je bafouillé en tirant Sami par la
main.

La mère de Pradeep parlait toujours quand nous
avons franchi la porte et tourné le coin de ma maison.
J'ai poussé Sami à travers la trappe pour chien de la
porte de la cuisine (voie de secours numéro 14), puis je
m'y suis faufilé à mon tour.

Sami avait toujours son regard fixe de poisson
rouge zarbi, et moi je savais qu'il fallait que je rapporte
Frankie en haut pour le remettre dans son bol d'eau
fraîche verte, sans quoi Mark allait me tuer sans aucun
doute. J'ai jeté un coup d'œil discret dans le séjour, mais
Mark et Pradeep n'étaient plus là. Puis, j'ai entendu la
voix de Mark en haut.

Frankie s'est mis à s'agiter c[...]
l'eau en entendant la voix de Mark, e[...]
que ses yeux sont devenus plus phos[...]
jamais. J'ai rapidement renvoyé Sami [...] ....ans
la cuisine.

— Attends-moi ici sans bouger, ai-je dit. Et n'oublie pas, chuuut.

Sami a mis un doigt chocolaté sur ses lèvres. Elle tenait le sachet dans son autre bras comme on tient une poupée

— Chuuut, a-t-elle dit.

Bon, d'accord, j'avoue que ça peut paraître bizarre de laisser la petite sœur hypnotisée de mon ami seule avec le zombie de poisson qui l'a hypnotisée, mais je ne sais pas comment expliquer ça, c'est comme si je savais qu'elle ne serait pas en danger avec Frankie. Et je savais aussi que même si mon frère n'avait été que diabolique la plupart du temps, en ce moment Pradeep aurait été totalement en danger avec Mark. Les zombies de poisson rouge sont l'équivalent d'une alerte bleue en termes de jujubes, mais les grands frères sont assurément une alerte rouge.

Je me suis glissé en haut et j'ai lentement tendu le cou pour regarder dans la chambre de Mark. Pradeep était étendu sur le sol. Oh non ! Il était

trop tard ! Je voyais ses pieds, mais pas son corps ni sa tête, parce que la table de travail de Mark me bloquait la vue. Pradeep ne bougeait pas d'un poil. Mark avait dû l'assommer. Il était devenu tout à fait diabolique. Les mille-pattes faisaient la fête dans mon ventre en se tortillant.

Mark se tenait devant Pradeep et regardait le bocal à poisson.

— Bon, a-t-il dit. Alors, si je comprends bien, tu vas rien me dire du tout.

Puis, j'ai vu bouger le pied de Pradeep et je l'ai entendu qui essayait de parler.

— Mmrien, a-t-il murmuré.

Ça ressemblait à la fois où on avait fait le concours de celui qui mangerait le plus de petits gâteaux verts chez sa mère, et qu'il essayait de dire «J'veux plus de petits gâteaux, s'il vous plaît» avec la bouche pleine de gâteau.

— Ferme-la, a dit Mark en donnant un coup sur le pied de Pradeep avant de se diriger vers la salle de bain. J'vais aller ajouter de l'eau dans le bocal. Bouge pas de là, crétin.

J'ai couru jusqu'à ma chambre pour que Mark ne me voie pas. Lorsque je l'ai entendu tourner le robinet du lavabo, je suis sorti de ma chambre et je suis allé sur la pointe des pieds jusqu'à la porte de la chambre de Mark.

Il fallait que j'attire l'attention de Pradeep pour savoir s'il allait bien, alors j'ai fait notre cri secret «J'ai besoin d'attirer ton attention pour savoir si tu vas bien», qui est un croisement entre le sifflement du serpent et le cliquetis du dauphin.

Pradeep s'est assis dès qu'il l'a entendu. Il s'est avancé en se traînant pour sortir de sous le bureau de travail. Ses bras étaient attachés derrière son dos. Puis, j'ai vu son visage. Sa bouche était entièrement scellée par du ruban d'emballage adhésif, d'une oreille à l'autre à l'horizontale et de sous son nez jusqu'au menton à la verticale. Seules ses narines avaient été épargnées. Il avait même des petits bouts de ruban qui partaient en diagonale sur les joues et les mâchoires. Ça devait faire mal. J'imagine qu'avoir raconté à Mark ce qu'il y avait dans l'estomac d'un crocodile n'avait pas été une idée si géniale que ça, après tout.

J'ai levé les pouces en signe de victoire et je lui ai montré la petite bouteille de colorant vert.

Je crois que Pradeep a alors souri un peu. Mais c'était plutôt difficile à dire, avec le ruban adhésif. Puis, Pradeep s'est mis à agiter la tête avec frénésie.

C'est alors que j'ai senti un « tchack » à l'arrière de ma tête et que j'ai vu la moquette de la chambre de Mark se rapprocher de mon visage.

CHAPITRE 7

PIÈGE CLASSIQUE DE SCIENTIFIQUE DIABOLIQUE

Pendant que mon visage embrassait la moquette, Mark tirait mes bras derrière mon dos et les attachait ensemble. Tout ce qui a suivi m'apparaît un peu nébuleux, mais il a dû me tirer là où était assis Pradeep et il nous a mis dos à dos. Il avait empilé des albums de bandes dessinées et d'autres affaires à côté de nous, et il y avait l'ombre de quelque chose qui planait au-dessus de nos têtes. La dernière chose dont je me souvienne, c'est qu'il nous a attachés avec la ceinture de son sarrau blanc. Le geste classique d'un **SCIENTIFIQUE DIABOLIQUE**.

Quelque chose a coulé sur mon visage. Ç'avait une odeur nauséabonde.

— Pradeep, qu'est-ce que c'est que ça? ai-je demandé en essuyant mon menton sur mon épaule.

— Mmark mma mmstallé mmaudssus mmnos mmêtes mmocal mmoisson mempli mmas mmord mmvec mmeau mmerte mmsqueuse, a marmonné Pradeep.

J'ai levé la tête pour voir le bocal de poisson posé sur un plateau branlant en équilibre entre deux tours faites de revues de bandes dessinées. De l'eau ballotait hors du bocal à chaque petit mouvement que nous faisions.

— Mark a installé au-dessus de nos têtes le bocal de poisson rempli à ras bord avec l'eau verte visqueuse? ai-je dit en traduisant le langage «petit gâteau» de Pradeep.

— Comment réussis-tu à faire ça, crétin? a dit Mark en m'interrompant. Non, tais-toi. Ne réponds pas. Dis-moi plutôt où se trouve le poisson!

Il s'est baissé pour approcher son visage à un centimètre du mien. J'aurais dû dire quelque chose de vraiment super dans le genre : «J'imagine qu'on ne connaît

pas les menthes rafraîchissantes pour l'haleine, chez les **SCIENTIFIQUES DIABOLIQUES**, hein ?» Mais au lieu de ça, je me suis contenté de fixer Mark en essayant très fort d'ignorer la sensation de mille-pattes me parcourant le corps. Mais je ne lui ai pas dit où se trouvait Frankie.

— Très bien, a dit Mark en se relevant. Dans ce cas, préparez-vous à vous faire envisquer, crétins.

Puis, j'ai entendu une petite voix douce qui disait : «Froufrou, petit poissonnet.»

Sami était dans l'ouverture de la porte de la chambre de Mark, le sachet et Frankie dans les bras. Les yeux du poisson étaient d'un vert vif, et sa queue frétillait frénétiquement. Il fixait Mark directement dans les yeux.

Et Sami avait toujours son regard super fixe de poisson rouge.

— Petite crétine ! a dit Mark. Hé ! Elle regarde dans mon nez et le mur en même temps. Ça me rend dingue. Dis-lui d'arrêter ça.

— C'est à cause du poisson, ai-je répondu. Il l'a hypnotisée, et il peut te le faire à toi aussi.

— Mme mmoisson mma mmypmomisé mma
mmoeur ? a marmonné Pradeep.

— Ouais, désolé, j'allais t'avertir quand…
« tchack ». Tu sais, lui ai-je dit.

Mark s'est penché pour regarder le poisson de
plus près dans son sachet. Les yeux de Frankie se sont
mis à luire, et Mark commençait lui aussi à avoir un

regard un peu fixe de poisson rouge lorsqu'il a soudainement sorti des lunettes de laboratoire de la poche de son sarrau, et qu'il les a posées sur son nez. Je n'avais aucune idée que les **SCIENTIFIQUES DIABOLIQUES** avaient autant d'accessoires.

— Comme si ç'allait fonctionner sur moi, a-t-il dit avec un petit grognement de mépris. Sympa, si le poisson est revenu des morts avec des pouvoirs diaboliques.

— Il n'est pas diabolique, ai-je crié.

— Mma mmombimmaison mmes mmroduits mmimiques mmoxiques mmet mmes mmhocs mme mma mmile mmont mmû mmui mmonner mmes mmouvoirs mméciaux, a dit Pradeep.

— J'imagine que la combinaison des produits chimiques toxiques et des chocs de la pile ont dû lui donner des pouvoirs spéciaux, Pradeep, oui, ai-je dit.

— Voulez-vous bien arrêter de faire ça! a dit Mark en tapant du pied. J'ai déjà compris ça. Je suis le **SCIENTIFIQUE DIABOLIQUE**, ici, pas ton crétin d'ami. Est-ce qu'il a

un sarrau blanc? Noooon. Est-il seulement diabolique?
Noooon. Alors, taisez-vous!

Ça, c'était le plus grand nombre de mots que Mark
ne m'avait jamais adressés de toute sa vie.

Mark a marché de long en large devant nous pendant environ une minute, les mains enfoncées dans ses
poches. Puis, il s'est arrêté et a regardé Frankie.

— OK, poisson, maintenant tu es *mon* zombie de
poisson rouge à moi. Imagine tous les gens qu'on va
pouvoir hypnotiser.

Frankie a donné de grands coups de queue, et soudain Sami a plongé vers Mark. Elle a laissé tomber le
sachet et a essayé de l'attaquer. (Dans la mesure où
on peut appeler «attaque» une petite fille de trois ans
dans un costume de sirène dont la queue gigote autour
d'elle.)

— Froufrou, petit poissonnet! a-t-elle dit en pous-
sant un cri perçant.

Mark a soulevé Sami et l'a coincée, pieds les premiers, dans sa corbeille à papier *Guerre des étoiles*.
La queue de sirène clapotait contre le visage de

Chewbacca alors qu'elle se débattait, pour se libérer. Mais au lieu de faire une tant toute la maisonnée comme d'habitude, nuait d'avoir son regard fixe de poisson. Wow, Sami était vraiment zombifiée.

— Il te faudrait de meilleurs sous-fifres, poisson, a dit Mark en se penchant pour prendre le sachet sur le sol. Voyons maintenant si nous pouvons transformer toute l'école en zombies de poisson.

— Tu vas pas t'en tirer comme ça, Mark, ai-je dit en tirant sur la ceinture blanche qui nous ligotait l'un à l'autre, Pradeep et moi. Tu es peut-être un **SCIENTIFIQUE DIABOLIQUE**, mais tu n'as toujours que 12 ans. M'man va bientôt revenir à la maison, et elle ne te laissera pas hypnotiser toute l'école ni nous recouvrir de fange visqueuse ni emmener Frankie nulle part.

Au même moment, le téléphone de Mark s'est mis à sonner.

— Salut m'man. Non, Tom va bien. Il joue avec son crétin d'ami et sa crétine de sœur.

Mark s'est arrêté pour écouter.

— OK, d'abord, son petit copain et sa petite sœur, a-t-il dit. Non, non, tu peux rester prendre un café avec ton amie.

Puis, il a fait une nouvelle pause.

— Oh, non, désolé, Tom peut pas venir au téléphone en ce moment… Lui et Pradeep sont pris dans quelque chose, si on peut dire.

Mark a couvert le micro du téléphone de sa main.

— Mwahahaha, a-t-il ri.

Mark commençait à se sentir beaucoup trop à l'aise dans son rôle de **SCIENTIFIQUE DIABOLIQUE** avec son rire diabolique.

Puis, il s'est remis à parler :

— Oui, oui, moi, ça va. J'suis en train de terminer mon devoir de sciences.

CHAPITRE 8
LA GRANDE ÉVASION

Il a raccroché et a mis le téléphone dans sa poche. Au même moment, Frankie s'est tortillé et s'est libéré de l'emprise de Mark. Le sachet a atterri sur la moquette, et Frankie a commencé à le faire rouler en direction de la porte. Ouiii! Frankie était en train de s'évader.

Mark s'est dirigé vers Pradeep et moi, et il a poussé le bocal à poisson qui se trouvait au-dessus de nos têtes.

— Poisson! a-t-il crié. Dis au revoir aux crétins.

Frankie s'est arrêté et nous a regardés.

— Vas-y, Frankie! ai-je crié. Sauve-toi, maintenant!

J'ai senti le corps de Pradeep se tendre et se préparer à recevoir la fange visqueuse, mais l'éclat

dans les yeux de Frankie s'est dissipé lorsqu'il m'a regardé.

J'ai secoué la tête et j'ai articulé silencieusement «Frankie, sauve-toi!», mais Frankie a cessé de s'agiter dans son sachet et est demeuré immobile.

— Bon choix, poisson, a dit Mark en se dirigeant vers lui et en se penchant pour prendre le sachet. N'oublie pas, si tu ne m'aides pas, tu vas aller faire un tour dans les égouts.

— Noooon! ai-je crié.

— Mmnooooon! a marmonné Pradeep.

— Poissonneeeet! a dit Sami d'un ton perçant en tendant les mains vers lui.

— Préparons-nous maintenant à hypnotiser m'man quand elle va revenir, a dit Mark en sortant de la pièce, serrant le sachet de Frankie fermement.

Mark a claqué la porte. Nous avons levé les yeux et avons vu le bocal suspendu au-dessus de nos têtes qui oscillait d'avant en arrière. Il allait tomber d'un instant à l'autre!

Bien sûr, je vais te laisser regarder la télé quand tu veux et m'assurer que ton sarrau de scientifique diabolique sera d'un blanc éclatant quand tu seras prêt à t'emparer du monde. Autre chose, mon chéri ?

J'ai senti que Pradeep essayait d'attraper le nœud de la ceinture qui nous ligotait, mais ses poignets étaient attachés trop serrés. Le bocal tremblait de plus en plus à chaque mouvement que nous faisions. De l'eau verte gluante a commencé à dégoutter sur ma nuque. Pradeep a étiré les doigts le plus qu'il le pouvait, mais ça ne suffisait pas. Je me suis serré contre lui pour que la ceinture soit moins tendue et qu'il puisse l'attraper.

— Mmmresque mméussi ! a-t-il dit lorsque ses doigts ont tiré sur le nœud derrière son dos. Mmouiii !

Il a desserré le nœud, et j'ai senti la ceinture tomber sur le sol.

— Roule de côté! ai-je crié.

Et nous avons tous les deux roulé dans des directions opposées juste au moment où le bocal s'est effondré sur la moquette entre nous deux, renversant l'eau toxique sur le sol.

J'ai couru vers Pradeep et j'ai retiré le ruban adhésif sur sa bouche, ce qui a laissé des marques roses et collantes sur son visage.

— Merci, Pradeep. Comment as-tu réussi ça? lui ai-je demandé en tirant sur ce qui restait de la ceinture autour de mes poignets.

— Nous avons appris les nœuds chez les louveteaux, la semaine dernière. C'était un nœud coulant de marin… Pas trop difficile à défaire si tu sais comment, a-t-il répondu.

Puis, on est allés sortir Sami de la corbeille. Elle a mis ses bras autour du cou de Pradeep pendant que je tirais sur Chewbacca pour libérer son postérieur.

— Maintenant, il faut aller chercher Frankie, ai-je dit.

C'est alors que nous l'avons entendu, un son que je n'avais jamais trouvé terrifiant avant ce jour-là. Nous avons entendu le bruit fatal de la chasse d'eau.

CHAPITRE 9

LA CHASSE D'EAU FATALE

Nous avons tous couru vers la salle de bain pour écouter.

— Tu vois, poisson, c'est le sort qui t'attend si tu ne m'aides pas.

Puis, nous avons entendu des clapotements.

— C'est sûrement Frankie qui s'agite dans son sachet, ai-je dit. Il ne l'a pas encore jeté dans la toilette.

— Froufrou, petit poissonnet, répétait Sami.

Elle avait encore ses yeux de zombie.

— Il faut faire sortir Mark de là, a murmuré Pradeep.

— Son téléphone, ai-je dit. Il va y répondre. Ramène Sami chez toi, et appelle-le de ta maison.

Dis-lui que tu vas tout dire à ta mère, et il va aller chez toi pour essayer de t'en empêcher.

— Et toi, qu'est-ce que tu vas faire? m'a demandé Pradeep.

— Je vais entrer dans la salle de bain et attraper le sachet de Frankie pendant que Mark sera parti.

Pradeep a emmené Sami en bas. J'ai entendu la trappe du chien se refermer et j'ai attendu derrière la porte de ma chambre pour que Mark ne me voie pas en sortant. J'ai eu l'impression que les mille-pattes avaient fait des longueurs pendant des heures dans mon ventre avant d'entendre sonner le téléphone de Mark.

«Mwahahaha… Mwahahaha…»

Il avait remplacé sa sonnerie habituelle par son propre rire diabolique! Ça, c'était un truc sérieux de **SCIENTIFIQUE DIABOLIQUE**.

Puis, je l'ai entendu parler.

— Ah ouais? Crétin! Non, si tu parles, t'es mort.

Il est sorti en trombe de la salle de bain et a claqué la porte derrière lui. Je suis resté où j'étais. Je l'ai entendu entrer dans sa chambre et donner un coup de pied dans le bocal à poisson qui se trouvait sur le plancher.

— Stupides crétins, stupide piège, a-t-il grogné.

Il a descendu l'escalier en se traînant les pieds, et j'ai entendu la porte de l'entrée se refermer.

Ouais! Le plan fonctionnait.

Plan de sauvetage de Frankie — étape un : Mark en route pour la maison de Pradeep pour l'empêcher de révéler à sa mère ses plans de **SCIENTIFIQUE DIABOLIQUE**. Coché!

Il me restait juste à espérer que Mark ne tue pas vraiment Pradeep si sa mère était là. J'ai croisé les doigts, et même les doigts de pied dans mes espadrilles.

Plan de sauvetage de Frankie — étape deux : procéder au sauvetage du poisson. Presque coché.

Ma main était sur la poignée de la porte de salle de bain, lorsque j'ai de nouveau entendu ce son horrible.

La chasse de la toilette…

Je me suis précipité à l'intérieur et j'ai vu l'eau qui tournoyait dans la cuvette.

— Frankie, non ! ai-je crié, mais il avait déjà disparu.

CHAPITRE 10

MISSION INCHASSABLE

Puis, j'ai entendu un plouf à l'extérieur. J'ai levé les yeux et j'ai vu la fenêtre ouverte. J'ai grimpé sur la toilette pour regarder à l'extérieur. Frankie roulait dans son sachet de plastique pour se sortir de la flaque d'eau sur le toit du garage. Puis, il a fait rouler son sachet le long de la gouttière, est tombé dans le baril à pluie et, finalement, s'est écrasé sur l'herbe.

J'ai donné un grand coup de poing dans les airs. Il était sain et sauf. Mais moi, je n'étais pas mieux que mort, lorsque Mark allait découvrir que le poisson s'était envolé.

Je réussirais peut-être à convaincre Mark que j'avais jeté le poisson dans la toilette? Non, il n'allait

jamais gober ça. Et il allait me tuer de toute manière, simplement parce qu'il le pouvait. Je ferais mieux de m'enfuir avec Frankie.

J'étais sur le point d'enjamber la fenêtre pour le suivre lorsque j'ai entendu un autre bruit. C'était comme si quelqu'un tombait dans les marches menant à la cour, rebondissait sur le petit trampoline et s'écrasait dans le bac à sable. Ça ne pouvait certainement pas être Frankie qui faisait ce bruit. Mais sinon, qui ?

J'ai couru en bas et j'ai franchi la porte. Mark était étendu face première dans le bac à sable et gémissait. Le petit trampoline avait été placé au pied des marches, qui étaient badigeonnées de chocolat blanc.

Ma première pensée a été que j'étais vraiment bon à deviner les choses, juste à partir des sons.

Ma deuxième pensée a été : du chocolat blanc ? C'est sûrement Sami.

— Encore ! Encore ! ai-je entendu la petite voix qui rigolait derrière moi.

Sami entourait un bol de chocolat d'un bras et se léchait les doigts de l'autre main. Elle a commencé à sauter sur le trampoline.

— T'étais drôle, a-t-elle dit à Mark. Encore! S'il te plaît? Encore!

Mark s'est contenté de gémir.

Pradeep a traversé la cour arrière en courant jusqu'à nous. Il s'est arrêté lorsqu'il a vu Sami.

— Sami, tu es censée rester à l'intérieur avec m'man.

Puis, il a regardé les marches, et les mains de sa sœur.

— Sami, est-ce que tu as...

— Frankie a dû l'hypnotiser pour qu'elle fasse ça, ai-je dit.

Sami a souri. Ses mains étaient toujours couvertes de chocolat, mais l'expression de son visage était normale. Elle n'avait plus l'air d'être hypnotisée.

J'ai agité la main devant son visage pour vérifier.

— Salut, Tom, a-t-elle dit en agitant la main à son tour.

Elle n'avait assurément plus son regard de poisson rouge. Mais elle n'avait pas le poisson rouge non plus.

— Où est poissonnet ? lui ai-je demandé sur un ton « J'essaie de ne pas paniquer, mais je commence vraiment à paniquer ».

— Froufrou, petit poissonnet, a-t-elle dit en rebondissant toujours. Poissonnet parti en roulant.

Nous avons regardé partout dans le jardin pour chercher Frankie. Sous le trampoline, autour du hangar à bicyclettes, sous les arbustes. Chou blanc.

Les gémissements de Mark commençaient à se transformer en mots. Comme « Stupides crétins » et « Ils vont le payer cher » et « Ça sent le chocolat ». Il commençait à bouger, aussi.

Puis, Sami s'est mise à pousser des cris perçants.

— Froufrou, petit poissonnet ! en montrant le haut du toboggan du module de jeu.

Frankie était là. Il faisait rouler son sachet de plastique pour grimper sur la planche à roulettes de Mark. La planche était engagée dans la pente du toboggan, directement vers le bac à sable et la tête de Mark.

CHAPITRE 11

VENGEANCE DU ZOMBIE DE POISSON ROUGE

Les yeux de Frankie étaient d'un vert phosphorescent, et sa queue s'agitait frénétiquement d'avant en arrière dans l'eau.

Le poisson rouge était déterminé à se venger. J'ai regardé Mark, qui était étendu au bas du toboggan. Mes poings se sont serrés à la pensée qu'il avait voulu faire du mal à Frankie, mais est-ce que je pourrais vraiment rester là à ne rien faire et laisser Frankie lui faire du mal?

— Heu… ton poisson rouge va essayer de tuer ton frère! a crié Pradeep.

— Pas si je peux l'en empêcher, ai-je dit.

Et là, j'ai fait la deuxième chose la plus dangereuse que je n'ai jamais faite de toute ma vie. J'ai essayé d'arrêter Frankie.

Frankie a agité la queue et la planche à roulettes a commencé à descendre le toboggan en prenant de la vitesse.

— Poissonnet! Yahoooo! a crié Sami.

J'ai couru à toute vitesse jusqu'au pied du toboggan et je me suis jeté entre Mark et la planche à roulettes.

Je voyais les yeux de Frankie alors qu'il roulait vers moi sur la planche. Ils sont devenus d'un vert tendre, et il agitait sa queue comme un fou. Il voulait que je m'enlève du chemin.

J'ai secoué la tête et tenu bon. J'ai fermé les yeux, attendant que la planche à roulettes me heurte. Commotion numéro deux en vue. Puis, j'ai entendu la planche à roulettes passer par-dessus le rebord du toboggan. J'ai levé les yeux juste à temps pour la voir faire un saut dans les airs comme lorsque les grands faisaient des pirouettes sur la demi-lune, au parc.

Sauf que là, c'était un poisson rouge dans un sachet de plastique, pas un jeune sur une planche à roulettes. Et le problème avec les poissons rouges dans des sachets, c'est que quand la planche se retourne à l'envers, ils n'ont aucun moyen de s'y retenir. La planche a donc passé en volant au-dessus de Mark et moi, puis Frankie s'est mis à tomber. Il devait bien être à plus de trois mètres dans les airs.

Je me suis roulé sur le dos et j'ai tendu les mains pour l'attraper. Le sachet a touché mes mains, mais je n'ai pas pu le retenir. Il s'est écrasé sur ma poitrine et a éclaté. L'eau a éclaboussé partout, et Frankie s'est retrouvé à sautiller sur mon t-shirt.

— Non! ai-je crié. Frankie!

Je me suis levé d'un bond, le prenant dans mes mains repliées.

— Je te tiens Frankie, ai-je dit en me retournant vers Pradeep. Va chercher de l'eau! Vite!

La petite bouche de poisson rouge de Frankie s'ouvrait et se refermait comme s'il cherchait de l'air. Ses yeux étaient toujours vert tendre. Il a agité la queue et s'est tortillé, puis il a arrêté de bouger complètement.

— Tiens bon, Frankie! ai-je crié.

Pradeep est accouru vers le toboggan avec un arrosoir rempli d'eau de pluie qu'il venait d'attraper à côté de la remise. J'ai jeté Frankie dedans.

Pradeep, Sami et moi, nous nous sommes assis autour de l'arrosoir et nous avons regardé fixement Frankie, qui demeurait immobile dans l'eau.

— Tu as fait dévier la planche à roulettes exprès, n'est-ce pas ? ai-je dit. Tu ne voulais pas me blesser.

Mark était toujours étendu dans le bac à sable, et il pleurnichait.

— Le poisson rouge ? Ma planche à roulettes ? Pourquoi je suis mouillé ?

Frankie flottait toujours ventre en l'air dans l'arrosoir. Il ne bougeait pas d'une nageoire.

— Froufrou, petit poissonnet ? a dit Sami en reniflant.

Sa lèvre inférieure s'est mise à trembler encore une fois. Pas d'une manière « crise de six à l'échelle Richter », mais plutôt d'une manière « plus triste que ne devrait jamais l'être un petit enfant ».

— Il est mort, ai-je dit.

Les mille-pattes qui nageaient dans mon ventre ont alors formé une grosse boule très lourde.

— Je suis désolé, a dit Pradeep.

— Parti, poissonnet ? a murmuré Sami pendant qu'une larme roulait sur sa joue et a dégoutté de son nez morveux dans l'arrosoir.

Et c'est là que c'est arrivé. Frankie a recommencé à bouger la queue. Juste un peu, au début, puis ses ouïes se sont mises à clapoter et sa bouche a commencé à s'ouvrir et se refermer tandis qu'il s'est retourné et s'est mis à nager en rond.

— Poissonnet! a dit Sami en entourant l'arrosoir de se petits bras potelés.

— Frankie, tu es revenu à la vie! ai-je dit, osant à peine croire qu'il avait recommencé à nager en rond. Qui c'est qui est un gentil zombie de poisson? ai-je ajouté en le flattant doucement derrière les ouïes.

— Hé, tu sais ce que nous venons de découvrir? a dit Pradeep.

— Je sais! ai-je répondu. Que la seule chose plus puissante qu'une pile pour ramener un poisson à la vie, c'est...

— De la morve de bébé, avons-nous dit en chœur, Pradeep et moi.

CHAPITRE 12

RETOUR DE LA MAMAN

«Bip, bip.»

Nous avons entendu la voiture de m'man s'avancer dans l'allée.

— Oh non! ai-je dit.

Pradeep et moi avons couru vers Mark et l'avons aidé à s'asseoir. Il se tenait toujours la tête là où il s'était cogné en tombant dans le bac à sable.

Sami s'était assise et tenait toujours l'arrosoir dans ses bras.

M'man est venue directement dans la cour et s'est approchée en courant vers nous. Elle savait que quelque chose clochait. Les mères ont ce don de savoir des choses impossibles à savoir. Par exemple, que vous ne mangez pas vos bâtonnets de carottes qu'elle met dans votre boîte-repas, ou que c'est vous qui avez mis la tranche de jambon dans le lecteur de CD pour voir quel son pouvait bien faire une tranche de jambon, ou que votre mort-vivant de zombie de poisson rouge a hypnotisé la petite fille de vos voisins et a essayé de tuer votre **SCIENTIFIQUE DIABOLIQUE** de grand frère, mais a changé d'idée à la dernière minute pour vous sauver la vie. Vous savez, ce genre de choses.

J'ai jeté un seul regard à m'man, et j'étais certain qu'elle pigerait tout. Tout ce qui venait d'arriver était si évident.

Mais la première chose qu'elle a dite a été :

— Pouvez-vous bien me dire ce qui s'est passé ici ?

— On faisait juste jouer, a répondu Pradeep sur-le-champ. Heu, le jeu est devenu un peu salissant... heu... et mouillé, et heu...

Il parlait vraiment vite et il avait l'air vraiment coupable. M'man allait certainement comprendre que quelque chose ne tournait pas rond.

— Poissonnet fait encore froufrou ! a crié Sami. Yééééé !

— Oh, comme c'est gentil, Mark. Tu as laissé Samina jouer avec ton poisson, a dit m'man. Mais pourquoi le poisson est-il hors de son bocal et dans l'arrosoir ?

— Il avait besoin de prendre l'air, j'ai dit.

Puisque c'est ce que m'man nous dit toujours de faire, alors ça doit être le cas pour les poissons aussi.

Bien que, quand m'man nous dit d'aller prendre de l'air dehors, c'est parce qu'elle veut parler seule avec p'pa ou crier après tata Sarah au téléphone.

— OK, a dit m'man sur un ton normal, mais son visage disait en réalité : « Qu'est-ce qu'ils sont en train de mijoter ? »

— Mark, ça va ? a-t-elle ajouté.

Mark s'est frotté la tête. Il nous a regardés, Pradeep et moi, puis Sami et l'arrosoir.

— Le poisson rouge a essayé de me tuer, a-t-il dit. J'ai trébuché et j'suis tombé dans le bac à sable, et il a dirigé la planche à roulettes vers moi.

M'man s'est approchée de Mark et lui a tâté la tête pour voir s'il y avait une bosse. Elle est devenue une experte à trouver des bosses, après toutes ces années. Je parie qu'elle pourrait être docteure en bosses et en d'autres trucs comme ça.

— Tu t'es frappé la tête plutôt fort, Mark.

Elle a levé les doigts devant le visage de Mark et lui a demandé :

— Combien de doigts vois-tu ?

— Il a essayé de me tuer, a marmonné Mark.

M'man a regardé vers Pradeep et moi.

— Que s'est-il passé ?

Puis, je me suis entendu dire la chose la moins vraie que je n'ai jamais dite.

— Mark était très gentil, il jouait avec Sami dans le bac à sable et sur le trampoline.

— Saute, saute, crack, boum ! a dit Sami en sautant sur le trampoline avec l'arrosoir.

Je me suis penché vers elle et je lui ai délicatement pris l'arrosoir des mains.

— Puis il a fait un saut spécial qui a fait rire Sami, a dit Pradeep.

Ce qui n'était pas vraiment un mensonge, parce que Mark avait vraiment fait ça, même si ce n'était pas exprès.

— Il a dû se cogner la tête quand il est tombé, j'ai dit.

— Oh! Pauvre de toi, a dit m'man à Mark en lui frottant la tête. Mais c'est quoi, cette histoire avec le poisson rouge?

Elle l'a aidé à se relever, et il s'est approché de l'endroit où je me tenais avec l'arrosoir. Il a dévisagé Frankie. Le poisson rouge s'est de nouveau mis à s'agiter comme un fou dans l'eau, et ses yeux sont devenus vert vif.

— M'man, r'garde le poisson rouge, a dit Mark en pointant l'arrosoir frénétiquement. Il est devenu dingue. Il a vraiment essayé de me tuer!

Pradeep et moi, nous nous sommes jeté un regard. On ne pouvait rien dire à haute voix, mais nos visages disaient qu'on avait besoin d'un nouveau code de couleur de jujube, parce que ce qui était en train de se passer était bien plus grave qu'une alerte rouge.

M'man ne devait pas regarder le poisson maintenant. Parce qu'elle verrait Frankie agir en zombie de poisson. Et alors, elle laisserait Mark le jeter dans la toilette, sûrement, ou elle l'expédierait à un endroit du gouvernement où ils gardent les animaux qui se sont transformés en créatures surnaturelles et dangereuses.

— Très bien, a-t-elle dit. Je vais jeter un coup d'œil au poisson rouge.

Elle s'est avancée vers nous.

On était cuits.

CHAPITRE 13

JE GARDE UN ŒIL DE ZOMBIE SUR TOI

— S'il te plaît Frankie, ai-je murmuré en regardant dans l'arrosoir. Mark n'est pas tout à fait diabolique, vraiment. J'vais pas le laisser te faire du mal, mais toi, tu dois plus essayer de le tuer. OK?

Frankie a cessé de se débattre et m'a regardé du fond de l'arrosoir. Ses yeux ont cessé de luire et sont redevenus des yeux de poisson rouge normal.

M'man s'est penchée au-dessus de l'arrosoir.

— Est-ce que ce poisson regarde à l'intérieur de ma narine? a-t-elle dit.

Pradeep et moi on a regardé dans l'arrosoir.

— Fiou ! J'veux dire… oui, j'imagine que les poissons font ça, ai-je dit.

— Tu as dit que le poisson rouge avait essayé de te tuer, Mark ? a ajouté m'man en allant le rejoindre pour tâter sa tête de nouveau. C'était avant ou après que tu te sois cogné la tête ?

— Après, c'est sûr, a dit Pradeep.

— Ouais, il a commencé à dire des choses bizarres, juste après être tombé, ai-je ajouté.

— Saute, saute, boum, a dit Sami en hochant la tête.

— La môme était de mèche avec le poisson. Elle avait un regard de poisson rouge et elle m'en voulait elle aussi, a dit Mark en s'éloignant de Sami.

— Froufrou, petit poissonnet, a dit Sami en rigolant.

— Ach ! a crié Mark avant de courir se cacher derrière m'man.

— Bon, il faut que je t'emmène à l'hôpital pour faire examiner ta tête. Je crois que tu as une commotion.

Elle a dirigé Mark jusqu'au bac à sable pour le faire s'asseoir sur le rebord.

— Je vais aller parler à ta mère, Pradeep. Je suis certaine qu'elle n'aura pas d'objection à vous garder jusqu'à ce que je revienne de l'hôpital avec Mark. Samina, tu viens avec moi voir ta maman, a-t-elle ajouté en prenant la petite fille par la main.

Elle s'est retournée vers Pradeep et moi.

— Je reviens à l'instant. Gardez un œil sur Mark, les garçons, OK? Continuez à le faire parler, il ne faut pas qu'il arrête.

Pradeep et moi, on s'est regardés avec nervosité. C'était comme si on nous avait laissés avec un tigre qui venait de se réveiller et qu'on savait qu'il allait être de très mauvaise humeur.

— Comment tu te sens, Mark ? ai-je dit doucement.

Mark a grogné à cette manière de grand frère **SCIENTIFIQUE DIABOLIQUE**. Puis, il s'est levé d'un bond et s'est penché vers Pradeep et moi.

— Vous deux, espèces de crétins et votre stupide poisson rouge, vous ne gagnerez pas, a-t-il dit. Mais ça ne fait rien, parce que dès que je vais rentrer à la maison, ce poisson va passer par la toilette et je vais enfoncer vos têtes de crétins dans la…

Mais il n'a même pas eu le temps de terminer ses menaces. Frankie a fait un bond hors de l'arrosoir, les yeux verts phosphorescents. Il a commencé à gifler Mark au visage avec sa queue en l'agitant de gauche à droite.

— Ouch, ouch ! Enlevez-le de là ! Enlevez-le de là ! a dit Mark en retombant dans le bac à sable.

J'ai pris Frankie dans le creux de mes mains et je l'ai remis dans l'arrosoir.

— Je pense pas que tu vas faire passer quoi que ce soit dans la cuvette de la toilette, Mark, me suis-je entendu dire d'une voix très assurée comme si j'étais dans une série de télé policière ou quelque chose comme ça. Je pense que tu vas nous laisser tranquilles, Pradeep, Sami, Frankie et moi, je lui ai dit.

— C'est qui, Frankie? a dit Mark.

— Mon poisson rouge, ai-je répondu en regardant Frankie, qui nageait en rond dans l'arrosoir. Et si j'étais toi, je ne m'en prendrais pas à lui, parce qu'il peut te botter le derrière.

— Heu, ouais, c'est ça, exactement comme Tom l'a dit, a marmonné Pradeep en avançant d'un pas et en me souriant.

CHAPITRE 14

SOIRÉE PYJAMA ZOMBIE

M'man est revenue en courant de la maison de Pradeep.

— OK, les garçons, merci d'avoir surveillé Mark.

Elle m'a fait un clin d'œil et m'a ébouriffé les cheveux.

— Vous pouvez vraiment agir comme des grands, parfois, n'est-ce pas ? Quand vous y mettez du vôtre.

Frankie a fait des vagues dans son arrosoir.

— Je crois qu'on devrait remettre Frankie dans son bocal pour la nuit, ai-je dit. Il a pris assez d'air comme ça.

— La mère de Pradeep dit que tu peux aller souper chez eux puis dormir là. C'est sans doute mieux comme ça. On ne sait jamais combien de temps ça peut prendre à l'hôpital. Tu te souviens, la fois où tu as eu une commotion cérébrale parce que tu étais rentré tête première dans la porte? Pourquoi ça arrive toujours à mes garçons? a-t-elle ajouté en secouant la tête. Viens, Mark.

Elle l'a aidé à se lever du bac à sable et l'a emmené jusqu'à la voiture. Il continuait de parler du poisson qui lui en voulait personnellement. M'man s'est contentée de hocher la tête.

— Ah, Mark, je lui ai crié au moment où m'man sortait la voiture de l'allée, t'en fais pas pour les photos, pour ton expérience. On va en faire de très bonnes à ta place.

La dernière chose que j'ai vue quand m'man a tourné le coin de la rue, c'était Mark qui frappait

la vitre arrière en prononçant les mots : « Crétin…
Non ! »

Pradeep et moi, nous sommes entrés dans la maison pour chercher le bocal à poisson à l'étage. Nous
l'avons nettoyé, puis nous sommes allés chez Pradeep
pour la nuit. Nous avons décidé que Frankie avait
droit à une soirée pyjama lui aussi. Et Sami voulait
encore jouer avec lui. Nous avons enfilé nos pyjamas et
mangé de la pizza avec de la sauce tomate et d'énormes
croix de saint George en mozzarella, et aussi des
fanions en maïs soufflé à la confiture et au chocolat blanc, et nous avons pris plein de photos super de
Frankie.

M'man a téléphoné à la maison de Pradeep pour
m'avertir qu'elle restait avec Mark parce que les méde-
cins voulaient qu'il passe la nuit là-bas pour garder un
œil sur lui. J'ai dit à m'man de voir à ce que ce ne soit
pas un trop gros œil, si c'était possible. C'est mon grand
frère, après tout. Et je pense qu'à partir de maintenant,
il va probablement redevenir seulement diabolique la
plupart du temps. Tant que Frankie, mon ami et bon

gros zombie de poisson rouge (et garde du corps), est dans les alentours.

Lorsque la mère de Pradeep est allée mettre Sami au lit, Pradeep et moi nous nous sommes enfoncés dans nos sacs de couchage et nous nous sommes raconté des histoires de zombie à faire dresser les cheveux sur la tête. Se raconter des histoires de peur est l'une des meilleures choses des soirées pyjama. Mais LA meilleure chose au sujet des soirées pyjama, désormais, est que si nous nous faisons trop de peurs, nous avons toujours un zombie de poisson rouge comme veilleuse pour que tout nous semble plus joyeux et un peu vert. N'est-ce pas tout à fait génial?

LES MAÎTRES
DE L'ÉCOLE

CHAPITRE 1

LE DIABOLIQUE GÉNIE DE L'INFORMATIQUE

Vous savez comment votre voix peut sembler changer quand vous faites des choses différentes? Dans le genre, vous avez une voix «à la course» ou une voix «sautillante» ou une voix «replié comme un bretzel parce que vous essayez d'entrer dans une boîte minuscule»? Eh bien, ce matin, j'ai entendu Pradeep crier dehors, et il avait décidément une voix «tête à l'envers».

— J'suis un crétin, et t'es un génie, marmonnait-il.

J'ai regardé par la fenêtre pendant que je remplissais le sachet de plastique de Frankie à l'évier de la cuisine, et j'ai vu Pradeep qui était suspendu à l'envers au module de jeu.

— Plus fort, crétin! lui a ordonné Sanj, qui était
assis sur les pieds de Pradeep et qui le laissait pendre
de la rampe de métal. Et pourrais-tu bien articuler, s'il
te plaît?

— Je suis un crétin, et tu es un génie! a crié
Pradeep, sans marmonner cette fois.

— Viens, Frankie, c'est une situation d'alerte
rouge! Pradeep a un pépin! ai-je dit en prenant Frankie
dans les creux de mes mains et en le mettant dans son
sachet de plastique.

Puis, nous avons couru jusque dans le jardin.

— Bien, a dit Sanj en lâchant les pieds de Pradeep.

Pradeep a alors glissé à travers les barreaux de l'échelle horizontale et s'est écrasé sur le gazon.

— Ah, regarde ! Ton crétin de petit copain est venu à ton secours, a ajouté Sanj en sautant en bas du module de jeu. Et il a amené son poisson de compagnie avec lui. C'est-y pas triste à voir ? Le vilain petit crétin de garçon qui a un vilain petit crétin de poisson domestique.

Il a fait à Frankie un sourire diabolique à donner la chair de poule.

Frankie donnait désespérément des coups de tête dans le sachet pour essayer de sortir. Ses yeux avaient perdu leur regard normal de poisson rouge et ils brillaient d'une vive lueur de colère verte. Il était totalement en mode attaque de zombie.

— Pitoyables crétins, s'est dit Sanj pour lui-même en s'éloignant dans la rue.

Je suis allé rejoindre Pradeep.

— Ça va aller ?

— Ouais, a dit Pradeep en se frottant la tête.

Frankie s'est retourné dans son sachet et a regardé vers la rue en direction de Sanj.

— Wow, d'habitude il fait ça seulement quand il voit Mark, ai-je dit. Il lui en veut encore à propos de toute l'histoire de «Mark qui a essayé de l'assassiner avec de la fange toxique et de le jeter dans la cuvette de la toilette», mais je pense que Frankie vient d'ajouter Sanj à sa liste d'ennemis jurés.

Pradeep s'est penché pour parler à Frankie.

— Écoute, ça va. Rien de brisé.

Puis, il s'est retourné vers moi.

— Au moins, je suis plus grand, maintenant, alors je tombe de moins haut quand Sanj me lâche.

— Vrai, ai-je dit en hochant la tête.

Ça faisait environ six mois depuis la dernière fois que Sanj, le frère de Pradeep, l'avait laissé tomber du module de jeu. Entre-temps, il avait été pensionnaire à une école pour les «élèves doués», ce qui semblait simplement être un endroit génial pour aller à l'école.

Sanj a toujours été un génie, mais hier il est devenu un vrai diabolique génie de l'informatique, lorsqu'il a été expulsé de l'école pour les doués. Il a piraté le super système informatique crypté impiratable de l'école et a remplacé la note d'examen de tous les élèves par un zéro et la sienne, par un supramilliard.

Je sais à quoi vous pensez. Un vrai diabolique génie de l'informatique qui vit la porte voisine d'un vrai scientifique diabolique comme mon grand frère Mark. Quelles sont les chances ? Eh bien, Pradeep les a calculées hier après-midi. Elles sont de 1 sur 7 344 623. Ce qui est à peu près la même chose que gagner cinq loteries à la fois et se faire livrer le prix en argent par une équipe de chimpanzés à bicyclette. Enfin, c'est ce que Pradeep m'a dit. Il a trouvé cette réponse sur Internet.

Quoi qu'il en soit, Sanj, le frère de Pradeep, possède un vrai certificat de QI prouvant qu'il est un réel génie. Au début, quand il l'a obtenu, il sortait son papier à tout bout de champ pour nous le montrer. Et, juste pour s'assurer que nous le voyions bien, il nous collait le visage dessus sur le plancher pendant qu'il s'assoyait sur nous. Il n'avait pas besoin de certificat pour nous prouver qu'il était diabolique la plupart du temps. Ça, nous le savions déjà.

J'ai attrapé mon sac à dos et j'ai délicatement mis Frankie dedans, posant son sachet au fond d'un contenant en plastique Tupperware.

— Tu amènes Frankie à l'école ? m'a demandé Pradeep.

— Je n'peux pas le laisser à la maison après qu'il ait fait les yeux verts et qu'il se soit agité contre Sanj. Il pourrait perdre son sang-froid et zombifier quelqu'un ! Et si m'man le voyait comme ça ? Ou si Mark revenait plus tôt à la maison ?

Vous voyez, la dernière fois que nous étions seuls à la maison, Mark a essayé de congeler Frankie.

Heureusement, je l'ai trouvé assez rapidement, lorsque je suis allé prendre un glaçon au distributeur de la porte du frigo et qu'un glaçon orange est tombé dans mon verre. Vous savez, en fait, je ne crois pas que ça dérangeait Frankie tant que ça de se retrouver dans le congélateur. Mais ce qu'il n'a pas aimé, c'est d'être juste à côté des bâtonnets de poisson.

— Crois-moi, Pradeep, ai-je dit en chemin vers l'école, Frankie est davantage en sécurité avec nous, aujourd'hui.

CHAPITRE 2
LA CRÉATURE DU LAGON VERT

Pradeep et moi sommes arrivés à l'école juste avant que le comptoir du petit déjeuner ferme. C'est alors que j'ai pris conscience de la différence qu'il y avait entre un petit déjeuner scolaire et un bon gros zombie de poisson rouge. L'un est une masse verte inquiétante qui baigne dans une flaque de fange toxique, et l'autre est un poisson.

Je fixais mon assiette en avançant dans la file de la cantine, parce que la masse verte dans mon assiette tremblotait lorsque je me déplaçais.

La préposée a frappé sur la vitre protectrice avec son ongle.

— Tu veux un autre œuf? a-t-elle demandé. J'ai fait non de la tête et j'ai continué à avancer.

— Peux-tu croire que c'est un œuf! ai-je dit à Pradeep en arrivant à l'endroit du comptoir où l'on proposait des céréales.

— Achhh! a-t-il dit.

Pradeep avait pris la même chose que d'habitude. Il mange le même petit déjeuner chaque matin depuis qu'il l'a découvert en première année. Des Choco-Crocs

sur du pain grillé. Si jamais il y avait une pénurie de riz soufflé au chocolat, le monde de Pradeep s'écroulerait.

— Devrions-nous prendre quelque chose à manger pour Frankie? a demandé Pradeep.

Depuis que nous avons adopté Frankie, nous nous demandons ce que peut bien manger un zombie de poisson. Au début, on avait peur que ce soit de la cervelle. J'veux dire, c'est ce que disent toutes les bandes dessinées et les films, n'est-ce pas? Les zombies mangent le cerveau des gens. Mais le problème est le suivant :

a) Les zombies de poisson rouge n'ont qu'une paire de dents pourries.

b) La cervelle flotte dans l'eau.

c) Les poissons rouges n'ont pas de mains.

d) Même s'ils arrivaient à tenir le cerveau sans le faire bouger…, les zombies de poisson rouge n'ont qu'une paire de dents pourries.

C'est pourquoi:

e) La cervelle rendrait vraiment fou un zombie de poisson rouge.

Nous avons fini par découvrir que les zombies de poisson rouge aimaient manger tout ce qui était vert, comme des miettes de pain vertes (plus elles sont moisies, mieux c'est) ou des petits bouts d'algues vertes ramassées sur les berges de l'étang.

— Je ne crois pas que Frankie ait faim, ai-je répondu. Il a mangé un petit gâteau vert avant de venir à l'école.

Mon sac à dos s'est mis à bouger d'un côté et de l'autre sur mon dos. Frankie avait dû s'agiter dans son sachet de plastique. J'ai défait la fermeture à glissière pour voir.

— J'suis toujours pas certain que ç'ait été une bonne idée d'emmener Frankie à l'école, a dit Pradeep.

— Il fallait l'amener à l'école Pradeep, ai-je dit. Si nous l'avions laissé seul avec Mark, peut-être que c'est lui qui se serait retrouvé dans le congélateur.

— Hé, les crétins!

J'ai entendu une voix glaciale derrière moi, et Frankie a agité sa queue si fort que le sachet est sorti du contenant Tupperware. Je l'ai retourné à l'endroit, puis j'ai refermé la fermeture de mon sac.

— Même vieille école d'imbéciles, mêmes crétins d'imbéciles. Mwhahahaha.

Mark a ri de son rire de scientifique diabolique.

Non, ça ne se pouvait pas. Pas lui ? Pas ici ? Pas maintenant ?

— Pas question, ai-je dit en me retournant.

— Si, question, crétin, a dit Mark en relevant le collet de son sarrau blanc de scientifique diabolique. Je suis à votre école, aujourd'hui. Je dois faire une expérience importante dans le labo de sciences.

— Pourquoi *notre* labo de sciences ? a demandé Pradeep.

— Parce que le labo de mon école a en quelque sorte explosé, a dit Mark.

Réplique de rire diabolique encore une fois.

— Alors, on m'a envoyé dans ce trou perdu pour la journée.

Ce n'était pas bon du tout. Frankie était à l'école. Mark était à l'école. Il fallait que je pense à quelque chose, et vite !

CHAPITRE 3

UN PLAN RÉELLEMENT DIABOLIQUE

Dans ma tête, j'ai passé en revue la liste des plans d'évacuation de Frankie que Pradeep et moi avions imaginés sur le chemin de l'école.

Il n'y en avait qu'un qui semblait ne pas faire appel à un autopropulseur. Il ne me restait plus qu'à faire semblant de vomir pour qu'on me renvoie à la maison, en emportant Frankie avec moi.

Le seul problème était que les profs étaient pas mal bons à détecter ceux qui faisaient semblant d'être malades. Certains élèves avaient essayé de la compote de pommes mélangée à du ketchup, du beurre d'arachides et du jus d'orange, ou encore le truc de la nourriture pour bébé, mais les professeurs savaient qu'ils faisaient semblant et les renvoyaient en classe, toujours couverts de compote de pommes et de ketchup. Non, il fallait que je sois réellement malade. Mais comment?

J'avais la réponse juste sous les yeux. L'œuf gluant et vert du petit déjeuner me regardait depuis mon assiette comme le gros œil tremblotant d'un cyclope. Il ne me restait plus qu'à manger l'œuf.

J'ai arraché la cuillère de Choco-Crocs des mains de Pradeep et j'ai pris l'œuf. J'ai jeté à Pradeep un regard qui disait «Je fais l'ultime sacrifice pour mon poisson et ami».

Il a hoché la tête d'un air respectueux, sachant ce que je m'apprêtais à faire.

J'ai soulevé la cuillère et fermé les yeux.

— Gloup!

Mark avait avalé l'œuf directement dans ma cuillère!

— Pas assez rapide, crétin! a-t-il dit.

Puis, il a lâché un rot tout à fait nauséabond de scientifique diabolique et s'est dirigé vers les portes de la cantine.

Juste le rot a presque suffi à me rendre malade, mais pas tout à fait.

« Dddrrrrrrrriiiiiiiiiiiiiiinnnnnnnngggggggggggg! » L'alarme incendie s'est mise à sonner.

Tout le monde s'est rué dans le corridor.

— Mark ne peut pas déjà avoir fait exploser notre labo de sciences, n'est-ce pas? ai-je dit à Pradeep.

Les enseignants rassemblaient les élèves en rangs à la porte des classes, prêts à évacuer le bâtiment. Mais l'alarme s'est arrêtée. Puis, les écrans de télé qui étaient dans le corridor près de la réception (vous savez, ceux qui montrent les images de l'équipe de natation qui arrive en 27e place à une compétition, ou qui annoncent les soldes de la boutique d'uniformes) se sont tous allumés en même temps. L'écran de l'ordinateur de la secrétaire s'est allumé lui aussi. Et les tableaux blancs dans les classes affichaient tous les mêmes lettres qui défilaient : « C A D E P A C ».

Soudain, une voix tonitruante est sortie des haut-parleurs. Il y avait un effet de distorsion, et on aurait dit que la personne qui parlait était un robot.

— Maintenant que nous avons votre atten… commença une personne.

Puis, il y eut un froissement et une autre voix, une voix plus affectée de robot, a dit :

— Non, laisse-moi… Hum hum. Maintenant que nous avons votre attention, nous désirons vous

annoncer que l'école sera bientôt dirigée par la CADEPAC. Nous sommes les maîtres de l'école.

— Où sont-ils allés pêcher ça? a dit Pradeep, ce mot ne veut rien dire.

— Et nous savons que ce mot ne veut rien dire pour l'instant. Nous ne sommes pas des crétins, nous avons voulu faire différent, OK? Alors, revenez-en. Où en étais-je? Ah oui, la CADEPAC est maître de l'école. Vous pouvez maintenant continuer à vaquer aux plates occupations de vos lamentables petites vies ordinaires et attendre d'autres directives. Rien ne pourra nous arrêter.

— Sauf ce crétin de poisson, l'a interrompu la première voix.

Mon sac à dos s'est mis à balloter d'un côté et de l'autre parce que Frankie s'agitait.

— Tiens-toi tranquille! a lancé la voix affectée.

Puis, on a entendu un bruit comme quelqu'un qui reçoit un coup de coude dans les côtes.

— On est en direct, j'te rappelle!

Le robot affecté s'est raclé la gorge et a continué :

— Rien ne peut nous arrêter, maintenant, alors n'essayez même pas.

Juste avant que tous les écrans de télé, les ordinateurs et les tableaux blancs ne s'éteignent, j'ai cru entendre une voix qui disait :

— Ahhh, tu as coupé le son avant mon rire diabolique.

Pradeep m'a alors jeté un regard qui voulait dire : «Ils ont bien dit "poisson"?», mais comme je n'ai pas bien compris son regard, il a dit à voix haute :

— Ils ont bien dit «poisson»?

J'ai hoché la tête et je lui ai répondu par un regard qui signifiait : «Et ils ont aussi dit "crétin". Et ils ont parlé d'un rire diabolique.» Pradeep n'a pas vraiment pigé lui non plus, alors je l'ai répété à voix haute. Puis, j'ai ajouté que nous devrions nous exercer à faire des regards secrets parce que nous étions tous les deux un peu rouillés.

Nous étions d'accord pour dire que la première voix bizarre de robot devait être celle de Mark. Car Frankie avait réagi à cette voix aussitôt qu'il l'avait entendue. Et Pradeep était certain que l'autre était celle de Sanj. Mais qu'est-ce que Sanj faisait là, et pourquoi était-il avec Mark ? Ils n'étaient même pas amis. La seule chose qu'ils avaient en commun était d'être diaboliques la plupart du temps envers Pradeep et moi.

Ça n'augurait rien de bon. Vous savez, cette sensation de mille-pattes que j'ai eue dans le ventre la première fois que Frankie a été envisqué par Mark ? Eh bien, cette fois, j'avais la sensation que les mille-pattes avaient invité quelques blattes et une tarentule pour faire bonne mesure.

CHAPITRE 4

LE SOULÈVEMENT DE LA CADEPAC

Nous étions tous assis dans l'auditorium à écouter madame Prentice nous sermonner à propos de la mauvaise utilisation des ordinateurs de l'école et du trafiquage illégal de l'alarme incendie. Puis, elle a ajouté :

— Je suis déterminée à découvrir qui a fait ça, et ce serait plus simple pour les petits et les rats s'ils venaient avouer dès maintenant.

Madame Prentice nous regardait souvent Pradeep et moi pendant qu'elle parlait. Pendant environs deux secondes, j'ai pensé à lui dire que le grand frère diabolique génie de l'informatique de Pradeep et mon grand frère scientifique diabolique étaient en quelque sorte derrière tout ça. Puis, j'ai pensé que c'était probablement exactement ce que les petits et les rats diraient. Bien que je ne comprenais pas trop ce que la directrice voulait dire par « les petits et les rats »[1] ni non plus ce que les rats venaient faire là-dedans. Mais dans tous les cas, j'étais certain de ne pas vouloir en être un. Car si je n'aime pas particulièrement les rats, je préfère de beaucoup les poissons.

Pradeep et moi, on savait qu'il fallait que nous découvrions ce qui se tramait et qu'il fallait le découvrir sur-le-champ. Nos profs nous avaient donné à tous les deux la permission d'aller au petit coin. Mais nous sommes sortis par des portes différentes pour que madame Prentice ne puisse pas nous suivre tous les deux. Elle a dû penser que c'était moi qui avais l'air le plus suspect, parce que c'est moi qu'elle a suivi, ce qui a donné à Pradeep l'occasion de s'éclipser. J'ai réussi

---

1. Un peu plus tard, Pradeep a cherché «les petits et les rats» en ligne, et il m'a dit qu'il s'agissait en fait de «petits scélérats», ce qui, apparemment, n'a rien à voir du tout avec des rats. Je suis soulagé d'apprendre ça, mais je ne tiens toujours pas à en être un (scélérat), car ça n'a pas l'air chouette du tout.

à la semer dans la salle des travaux manuels en me cachant derrière le métier à tisser de Darren Schultz. Puis, je suis revenu sur mes pas pour aller rejoindre Pradeep.

Il s'était faufilé dans la salle des ordinateurs avant mon arrivée et il a passé la tête par la porte. C'était là que nous avions notre premier cours de toute façon, mais il fallait y être avant que les autres élèves sortent de l'assemblée. J'ai tendu l'oreille pour entendre l'appel top secret de Pradeep signifiant « Le champ est libre ». Mais en fin de compte, il a juste dit :

— Tom, il n'y a personne !

Pas son meilleur appel top secret, si vous voulez mon avis.

Je suis entré dans la classe et j'ai soigneusement déposé mon sac à dos sur le sol.

— OK, il faut trouver tout ce que nous pouvons sur la CADEPAC, j'ai dit.

Je pensais que ça ressemblait à ce que disait généralement le gars des films d'espionnage aux autres espions au début du film, celui qui ne participe jamais vraiment lui-même à l'action et aux aventures. Comme je ne voulais pas être ce gars, j'ai ajouté :

— Tu sais comment faire ça, n'est-ce pas, Pradeep?

Il avait une bonne longueur d'avance sur moi. Il était déjà assis à l'un des postes et tapait sur le clavier.

— Je crois que j'ai trouvé le site Web de la CADEPAC, a-t-il dit. Si Mark et Sanj travaillent ensemble, peut-être que c'est pour s'en prendre à nous avec cette histoire de CADEPAC? Pour quelle autre raison voudraient-ils devenir les maîtres de l'école?

— Tu es paranoïaque, Pradeep. Ils veulent peut-être simplement s'emparer de l'école pour forcer la cantine à servir seulement de la crème glacée marbrée rouge et blanc ou pour obliger les profs à se déguiser chaque jour en personnage de bande dessinée ou quelque chose comme ça.

— Toi, c'est vraiment ce que tu ferais si tu devenais maître de l'école, c'est ça? m'a demandé Pradeep.

— Peut-être, ai-je répondu. Mais je n'crois toujours pas que les plans diaboliques de Mark et Sanj ont quoi que soit à voir avec nous. De toute manière, la plupart

des génies diaboliques veulent le pouvoir simplement pour le plaisir de l'avoir, n'est-ce pas? Et ils ne font jamais quelque chose de vraiment super une fois qu'ils l'ont, comme couvrir la Terre d'une bulle géante de gomme balloune ou faire en sorte que tout le monde parle en verlan, ce qui serait plutôt...

J'ai été interrompu par un rire tonitruant de scientifique diabolique qui est sorti du haut-parleur de l'ordinateur.

— Mwhaaahaahaahaa!

Puis, de petites icônes animées sont apparues sur l'écran.

— Hé, cette petite, là, te ressemble, Pradeep, ai-je dit. Elle porte même des lunettes et un foulard de louveteau.

— Et là, c'est toi, a ajouté Pradeep en pointant la petite icône enroulée dans une carpette et coincée dans une minuscule trappe pour chien dans une minuscule porte.

Le rire de scientifique diabolique est devenu de plus en plus fort, et une espadrille géante est apparue

au haut de l'écran et a aplati le petit Tom et le petit
Pradeep comme des crêpes.

C'était comme si je voyais mon pire cauchemar se
transformer en jeu vidéo.

— Il se pourrait bien que je me sois trompé au
sujet de cette histoire de ce-n'est-pas-à-nous-qu'ils-en-
veulent, ai-je dit.

Le mot CADEPAC s'est affiché sur l'écran, puis un
message est apparu lettre par lettre :

Coalition des (ne pas tenir compte du «des»)

Actions

Diaboliques (des grands frères, c'est nous qui
ajoutons, ne pas en tenir compte)

Envers

Petits

Agaçants de (ne pas tenir compte du
deuxième «de»)

Crétins

Mission et vision de la CADEPAC :

La CADEPAC est une organisation
top secrète fondée sur la perpétration
d'actions diaboliques de haute qualité
envers les crétins de petits frères et
sur l'exercice de notre domination du
monde.

Wow, Pradeep avait raison. La CADEPAC avait
pour mission de nous piéger, nous et tous les petits
frères du monde entier. Il fallait les arrêter.

— Pradeep, est-ce que tu peux bloquer le site Web ou l'effacer, ou quelque chose du genre ? lui ai-je demandé.

— Je ne sais pas. C'est Sanj qui est le diabolique génie de l'informatique, pas moi, a dit Pradeep.

Puis, pendant qu'on regardait l'écran, d'autres mots se sont mis à apparaître :

Les petits agaçants de crétins seront transformés en sous-ornements.

Puis, les mots se sont rapidement effacés et ont
été remplacés par ceci :

**Les petits agaçants de crétins de
petits frères seront transformés en
sous-ordres, et ils nous serviront dans
notre mission de domination du monde**
(un jour, bientôt).

— Hé ! Ils sont en train de mettre le site à jour
en ce moment même ! a dit Pradeep.

— Est-ce que ça veut dire qu'ils sont ici ? ai-je
demandé en attrapant mon sac à dos pour avoir
Frankie près de moi.

— Non, ils pourraient télécharger à distance, a
répondu Pradeep. Mais...

Mais j'ai interrompu le « mais » de Pradeep.

— Frankie a disparu ! ai-je dit en lui montrant
l'intérieur du sac à dos. Il a dû se rouler hors du sac
pendant qu'on regardait le site Web.

— Alors, maintenant, en plus de deux grands frères diaboliques, on a à se soucier d'un zombie de poisson rouge en cavale, a dit Pradeep. Qu'est-ce qui pourrait nous arriver de pire?

— Pradeep, mon chéri, tu as oublié ta boîte-repas à la maison, ce matin, a-t-on entendu dire madame Kumar à pleine voix dans le corridor de l'école.

Et j'ai vu le visage de Pradeep tomber si bas qu'il a dû ramasser son menton sur le sol.

— Tout, mais pas ça… a-t-il soupiré.

CHAPITRE 5
RETOUR DE LA BAMBINE ZOMBIE

Pendant que je courais vers la porte de la classe pour voir où se trouvait la mère de Pradeep, lui, il est allé se cacher sous la table d'ordinateur.

Bon, d'accord, vraiment. Des parents qui se pointent à l'école à l'improviste, ça fait partie de la liste des cinq choses les plus gênantes qui peuvent arriver à un enfant à l'école primaire.

    5. L'infirmière chercheuse de poux trouve quelque chose dans vos cheveux, mais elle ne peut pas dire avec certitude de quoi il s'agit, alors elle dit tout haut devant le reste de la classe : «Je vais devoir prendre une photo de

ce truc pour pouvoir faire une recherche. »
(Moi, en troisième année.)

4. Votre mère vous donne par mégarde le sac de natation de votre petite sœur, de sorte que vous avez le choix entre entrer dans la piscine nu comme un ver ou porter le bas de maillot « Dora l'exploratrice » d'une petite fille de trois ans. (Pradeep, le semestre dernier.)

3. Vous avouez, devant les autres garçons de votre classe, que vous croyez que le meilleur film de la *Guerre des étoiles* est celui avec les mignonnes petites créatures Ewok à fourrure. (Ce garçon nommé Ben, juste avant la fin du premier semestre. Il n'est jamais revenu à l'école.)

2. Votre zombie de poisson rouge est en cavale dans l'école. (Moi, aujourd'hui.)

Et 1. Votre mère vous appelle « mon chéri », « mon chou » ou « mon sucre d'orge » à voix haute dans le corridor de l'école au moment

même où tout le monde sort de l'assemblée.

(Pradeep, aujourd'hui lui aussi.)

J'ai jeté un coup d'œil à la ronde et j'ai vu madame Kumar qui regardait dans la classe de l'autre côté du corridor.

J'entendais de nombreux chuchotements : « C'est pas la mère de Pradeep qui est là ? »

— Viens, Samina, a dit madame Kumar en tirant doucement la petite sœur de Pradeep par la main. Il faut qu'on aille porter le repas de Pradeep au bureau de la secrétaire.

Monsieur Swanson est entré dans la salle d'informatique, suivi d'un groupe d'élèves. Pradeep a donc dû sortir de sous la table.

— Tom, ils sont toujours en ligne, a dit Pradeep en s'assoyant au bureau. Si on peut retracer lequel des ordinateurs de l'école ils utilisent, alors peut-être qu'on pourrait bloquer leur site Web.

Les doigts de Pradeep tapaient sur le clavier à la vitesse de la lumière.

— Je les ai trouvés! a dit Pradeep. Ils sont dans le labo de sciences à l'étage.

— Ce n'est pas juste, ai-je dit. C'est là que Mark nous avait dit qu'il se rendait et, généralement, il ment, alors c'est le dernier endroit où je penserais à aller voir.

— À vrai dire, en y pensant bien, c'est plutôt astucieux, a dit Pradeep.

Puis, nous nous sommes regardés.

— C'est sûrement Sanj qui a eu cette idée-là, a-t-on dit en même temps.

— Je vais y aller pour voir ce qu'ils font dans le labo, ai-je dit à Pradeep. On va rester en contact en s'envoyant des clics.

Il y a un bouton sur nos émetteurs-récepteurs portatifs pour faire des signaux en morse. Pradeep et moi n'avons pas encore vraiment appris le code morse, alors nous faisons deux airs différents avec les clics pour dire comment se passent les choses. Si tout va bien, nous cliquons :

Court, court, long.

Court, court, long.

Court, court, court, court, long (sur l'air de *Vive le vent*).

S'il y a une urgence, nous cliquons :

Court, court, long, long.

Court, court, long, long (qui fait l'air de *Londres flambe*).

Je me suis fait donner un autre laissez-passer pour les toilettes par monsieur Swanson (il a dû penser que j'avais de graves problèmes de vessie) et je me suis engouffré dans le corridor. Juste au moment où j'atteignais l'escalier, j'ai entendu une voix familière.

— Froufrou, petit poissonnet, chantonnait Sami en sautillant dans le couloir devant la mère de Pradeep.

J'ai regardé Sami. Un de ses yeux fixait la vitrine sur le mur, et l'autre regardait dans ma narine gauche.

Le regard de zombie. Frankie avait de nouveau hypnotisé Sami; il devait donc se trouver dans les alentours.

— Ah, Tom, a dit madame Kumar. La secrétaire
m'a informée que Pradeep serait dans l'une de ces
salles à travailler à l'ordinateur. Tu sais de laquelle il
s'agit? J'ai apporté son repas.

Sami tenait la boîte-repas de Pradeep à motifs
d'oursons en peluche, celle qu'il essaie toujours de
perdre ou de détruire, mais que sa mère trouve et
répare chaque fois. Il l'a même fait passer sous les
roues de l'autobus scolaire, mais elle ne s'est toujours
pas brisée. Je parie que dans un millier d'années,
des archéologues vont trouver la boîte de Pradeep à
motif d'oursons toujours intacte, avec les samossas
de sa mère enveloppés de pellicule plastique ultra
moulante.

Sami a entrouvert le couvercle de la boîte-repas,
et à l'intérieur j'ai vu Frankie qui nageait en rond dans
son sac. J'ai refermé le couvercle d'un coup sec.

— Heu, je peux lui apporter sa boîte-repas, ai-je
dit en essayant de la prendre des mains de Sami.

— Froufrou, poissonnet, a-t-elle dit en faisant la moue et en agrippant la poignée.

— OK, peut-être que Sami pourrait apporter la boîte à Pradeep, ai-je dit suffisamment fort pour que Frankie m'entende et utilise ses pouvoirs hypnotiques afin de diriger Sami.

Au même moment, j'ai vu un éclat de blanc lorsque quelqu'un est passé en trombe derrière madame Kumar. C'était Mark, il portait toujours son sarrau de scientifique diabolique.

— Mark! ai-je crié, mais il avait déjà monté l'escalier en courant.

La boîte-repas s'est mise à s'agiter de tous les côtés dans les mains de Sami. Génial, Frankie avait entendu le nom de Mark et il était maintenant probablement en mode «yeux verts de vengeance».

— Laisse-moi prendre ça, Sami, ai-je dit en jetant un coup d'œil sous le couvercle alors qu'elle me tendait la boîte-repas.

Les yeux de Frankie étaient vert vif, et sa queue heurtait les parois du sachet de plus en plus fort.

— Pourquoi secoues-tu le repas de Pradeep? m'a demandé madame Kumar.

— Heu, c'est parce que c'est comme ça que Pradeep l'aime, ai-je dit en souriant avec nervosité. Allez, Sami, allons le porter à Pradeep pendant qu'il est encore... fraîchement... secoué.

Sami m'a regardé fixement, mais elle m'a suivi alors que je me dirigeais vers l'escalier.

— Je vais ramener Sami au bureau une fois que nous aurons trouvé Pradeep, ai-je lancé à madame Kumar.

Nous sommes montés en courant, car Mark avait dû se rendre au labo de sciences. Sami, Frankie et moi, nous allions tendre un piège à Mark et Sanj en les incitant à nous pourchasser. Et pendant ce temps, Pradeep s'introduirait en catimini dans le labo et effacerait le site Web, tuant ainsi la CADEPAC dans l'œuf. Et tout ça avant même que le premier cours soit terminé. Ça allait être si facile ! J'ai tendu la boîte-repas à Sami pour ouvrir la porte du labo de sciences.

Dès que nous avons mis le pied à l'intérieur, j'ai su que c'était un piège. Principalement, parce qu'un grand filet à moustique est tombé du plafond pour nous emprisonner. Sami s'est affalée sur le sol et a laissé tomber la boîte-repas, qui a glissé sur le plancher. J'ai entendu le rire de scientifique diabolique de Mark :

— Mwhahahahahahaha ! Ha... les poires !

CHAPITRE 6

UN PIÈGE IGNOBLE

Mark et Sanj sont sortis de derrière la porte.

— Tout s'est déroulé exactement selon notre plan, s'est exclamé Sanj en battant des mains d'excitation. Nous avons menti pour nous introduire dans votre minable petite école, nous vous avons tendu un piège pour que vous apportiez le poisson avec vous ce matin, nous avons fait en sorte que ce soit très facile pour mon crétin de petit frère de trouver notre site Web, puis nous vous avons tendu un piège pour que vous suiviez Mark jusqu'ici.

— Ouais, de vraies poires! a répété Mark.

— Et maintenant, tu es notre prisonnier.

Sanj s'est tu un instant.

— Oh, salut, Sami, a-t-il ajouté.

— Froufrou, petit poissonnet, a dit Sami en se tortillant sous le filet.

— Oui, exactement. Alors, où il est, le poisson? a dit Sanj.

J'ai fixé Sanj, mais je n'ai pas dit un mot.

— Crétin, où est le poisson? a grogné Mark en me donnant un coup de pied sur la jambe.

— Je te le dirai pas, ai-je répondu.

C'est alors que la boîte-repas s'est jetée toute seule sur le sol, faisant des bonds bien réguliers vers Mark.

— Je crois qu'on l'a trouvé, a dit Sanj en se penchant et en sortant le sachet de plastique de la boîte-repas.

Il a ensuite remis le sachet à Mark et a pris son ordinateur portable. Frankie agitait la queue frénétiquement, et ses yeux

étaient d'un vert luisant dans le noir. Mark a chaussé ses lunettes protectrices de scientifique diabolique et a fixé Frankie dans les yeux. Frankie l'a lui aussi fixé, plus intensément.

Puis, Mark s'est retourné vers Sanj.

— Alors, tu l'as eu? a-t-il demandé en retirant ses lunettes.

— Oui, merci, ç'a été suffisant, a répondu Sanj.

— Super! Nous avons réussi à capter le regard de zombie! a dit Mark en tapotant la petite webcam fixée sur ses lunettes. Génial! Alors, je peux faire ce que je veux du poisson, maintenant n'est-ce pas? a-t-il ajouté en puisant Frankie hors du sachet pour le mettre dans un bécher posé sur un bec Bunsen, à côté d'une rangée d'éprouvettes remplies de liquides de différentes couleurs.

— Ne lui fais pas de mal! ai-je crié sous le filet, en me débattant pour me libérer.

— Ce petit crétin a raison pour l'instant, a dit Sanj. Voyons d'abord si notre plan fonctionne, avant de te débarrasser du poisson. Tous les élèves de la classe d'informatique vont être devant leur écran, alors je vais tester sur eux l'hypnovirus regard de zombie de poisson de la CADEPAC.

Sanj a appuyé sur quelques touches de son clavier, et une image s'est formée sur le tableau blanc du labo de sciences. Il avait dû installer une caméra secrète dans la classe d'informatique. On pouvait voir l'arrière de la tête de monsieur Swanson, puis tous les élèves devant lui, qui regardaient leur ordinateur.

— Sanj, Pradeep est là-bas. Qu'est-ce que ça va lui faire ? ai-je dit.

— Voyons voir, a répondu Sanj avec un sourire diabolique en cliquant sur « envoyer ».

J'ai regardé le tableau blanc. Les mille-pattes et les blattes se servaient de mon ventre comme d'un trampoline.

Je ne savais pas ce qui allait arriver, mais je savais que ce ne serait rien de bon. Pradeep était au fond de la classe, de sorte que je voyais très bien son visage. Et tous les autres élèves étaient assis devant leur écran et le fixaient comme… des zombies. Puis,

la mère de Pradeep est entrée dans la classe, et elle a commencé à parler à monsieur Swanson. Mais dès qu'elle a jeté un œil sur un écran d'ordinateur, elle s'est immédiatement mise à regarder à la fois le mur et l'intérieur de la narine gauche de monsieur Swanson. Et monsieur Swanson était nettement zombifié lui aussi.

Sami a regardé l'image de sa mère sur le tableau blanc.

— Maman froufrou-poissonnet, a-t-elle chantonné.

— Je crois que tu as raison, Sami, ai-je chuchoté.

— M'man ? a dit Sanj, l'air surpris. Eh bien, tant pis, comme ça on ne l'aura pas sur le dos.

— Mission accomplie ! a dit Mark en levant le poing dans les airs.

Puis, il a eu l'air perplexe.

— C'est bien l'effet que c'était censé faire, n'est-ce pas Sanj ?

— Oui, ça fonctionne à la perfection. Nous pouvons télécharger l'hypnovirus zombie sur n'importe quel ordinateur, et tous ceux qui regarderont l'écran seront instantanément hypnotisés pour devenir nos esclaves zombies de poisson. Puis, nous pourrons les programmer pour qu'ils fassent ce que nous voulons !

Sanj a essayé de rire d'un rire diabolique, mais c'est sorti davantage comme un râlement mêlé d'un halètement.

En revanche, Mark a émis un rire diabolique parfait en tous points. Il faut lui concéder ça. Sanj est peut-être meilleur pour imaginer des plans diaboliques, mais Mark, lui, maîtrise vraiment le rire diabolique.

— Alors, maintenant, je peux faire ce que je veux du poisson ? a demandé Mark.

Au même moment, j'ai entendu du verre qui se brisait. Frankie avait réussi à faire basculer le bécher de son trépied et il surfait sur la vaguelette d'eau qui déferlait sur le comptoir du labo. Ses yeux brillaient d'une nuance parfaite de vert vengeance.

— Espèce de stupide crétin de poisson! a crié Mark en grimpant sur le comptoir vers Frankie.

Frankie a fait un saut de côté pour esquiver les mains de Mark, qui essayaient de l'aplatir. L'eau se dirigeait vers l'évier qui se trouvait au bout du comptoir.

— Non! ai-je crié.

— Froufrou, petit poissonnet, a hurlé Sami d'une voix perçante.

Mark a couru vers l'évier et a tendu les mains pour attraper le poisson. Mais Frankie a sauté dans les airs, a fouetté Mark au visage avec sa queue, a fait un saut périlleux parfait et est retombé directement dans la bonde de l'évier. Si la discipline olympique «Plongeon de zombie de poisson» existait, Frankie y aurait gagné la médaille d'or.

— Crétin de poisson! a grogné Mark en frappant le comptoir du poing. Aïe! a-t-il ajouté en se frottant la main.

— Oh, reviens-en, Mark. On a d'autres poissons à fouetter.

Sanj a souri de sa propre plaisanterie, mais Mark avait l'air ahuri de celui qui n'a rien pigé.

— D'autres POISSONS à fouetter, a répété Sanj.

Toujours pas de réaction chez Mark.

— Oublie ça, a-t-il ajouté en soupirant. Maintenant, il faut que nous empêchions ces deux-là de faire échouer l'étape deux de notre plan CADEPAC.

— C'est quoi l'étape deux ? Mark et moi avons demandé exactement en même temps.

— Transformer tous les élèves de l'école en esclaves au regard de zombies de poisson. Poursuivre notre plan, a dit Sanj, pour que tous les crétins de petits frères et de petites sœurs fassent tout ce que je leur ordonnerai de faire. Et alors, qui sait, peut-être que je vais télécharger le virus zombie de poisson rouge sur Internet. Et avant peu de temps, il y aura des zombies au regard de poisson partout.

Sanj a de nouveau fait une pause.

— Ça serait le bon moment pour faire ton rire diabolique, Mark, a-t-il ajouté ensuite.

— Je n'suis pas d'humeur, a bougonné Mark. Je veux faire mal à ce poisson, et je vais fouiller toute l'école jusqu'à ce que je le trouve.

Puis, il est parti en coup de vent.

— Comme tu veux. Je n'ai pas besoin de toi, de toute manière, a dit Sanj en prenant son portable. Je vais maintenant avoir une petite conversation avec madame la directrice. Je reviens à l'instant, ne bougez pas d'ici.

Sanj a essayé de faire un rire diabolique, mais c'est sorti comme un râlement encore une fois.

— Hum, hum.

Il a fait semblant de se racler la gorge, puis il est sorti à son tour du labo.

Sami regardait toujours en direction de l'évier.

— Froufrou poissonnet parti ? a-t-elle marmonné.

Puisque Frankie n'était plus là, Sami était sortie de sa transe. Elle n'avait plus son regard de poisson ; elle avait seulement l'air plutôt triste.

— Frankie va s'en sortir, Sami, du moment que nous le trouvons avant que Mark le trouve, ai-je dit. C'est Pradeep, qui m'inquiète le plus.

Que faire, si mon meilleur ami était devenu un esclave zombie de poisson?

CHAPITRE 7

SOUCIS DE TSUNAMI ZOMBIE

J'ai sorti mon compas et mon rapporteur d'angles de ma poche et je m'en suis servi pour déchirer le filet. Je ne suis pas trop certain de savoir à quoi ça sert exactement ces trucs-là, mais pour faire des trous dans des filets, c'est pas mal utile. Et je n'ai jamais cru un jour être content d'avoir de l'équipement de maths.

J'ai libéré Sami, et nous nous sommes tous les deux dirigés vers la salle des ordinateurs. Tout était immobile et silencieux, et totalement zombifié. Sami a couru vers sa mère.

— Maman froufrou poissonnet.

Elle a tiré sur la jupe de sa mère, mais madame Kumar n'a pas bougé.

Puis, dans mon émetteur-récepteur, j'ai entendu des clics :

Court, court, long.
Court, court, long.
Court, court, court, court, long.

C'était *Vive le vent*!

— Pradeep, tu es où? ai-je chuchoté en regardant autour de la classe.

— Ici, en dessous, a chuchoté Pradeep.

Sami et moi sommes accourus à son bureau, et nous l'avons trouvé qui se cachait dessous.

— Nous pensions que tu avais été zombifié, ai-je dit.

Sami a rampé sous le bureau et elle a entouré Pradeep de ses bras.

— Ahh! Pas froufrou poissonnet, a-t-elle dit.

— Je m'suis jeté sous mon bureau quand m'man est entrée dans la classe, s'est exclamé Pradeep, donc j'ai évité sans le vouloir ce qui leur

a fait ça. Mais je jure que j'ai vu une image en gros plan des yeux de Frankie sur l'écran juste avant de plonger.

— Sanj et Mark ont trouvé un moyen de transformer le regard de zombie de Frankie en virus informatique, lui ai-je dit. Ils l'ont testé sur la classe d'informatique, et maintenant ils vont zombifier toute l'école, et ensuite le monde entier !

— Wow, ils visent vraiment grand ! a dit Pradeep avant de faire une légère pause. OK, si nos grands frères veulent essayer de dominer le monde, j'imagine que c'est à nous de les arrêter.

Nous avons fait un tope là. Et je me suis dit que c'était le genre de moment qui se prêtait bien à un tope là.

— Alors, où sont Sanj et Mark, à l'heure qu'il est ? a demandé Pradeep. Et où est Frankie ?

— Sanj est allé chez madame Prentice pour la zombifier, je crois, et Frankie est quelque part dans la canalisation d'eau. Il s'est échappé en se jetant dans la bonde de l'évier ! Mark est parti essayer de le

trouver, il est probablement en train de vérifier tous les lavabos et toilettes de l'école.

Nous avons entendu des pas dans le couloir, puis la voix de Sanj, ainsi que celle de madame Prentice, la directrice. Je me suis jeté sous le bureau avec Sami et Pradeep.

— Est-ce que Sanj croit que j'ai été zombifié? a chuchoté Pradeep.

J'ai hoché la tête.

— Alors, je peux me mettre à découvert et voir ce qu'il va faire. Personne ne va soupçonner un zombie de poisson, a-t-il dit, avant de s'asseoir lentement sur sa chaise.

J'ai tiré sur le bas de son pantalon et lorsqu'il a regardé vers moi, je lui ai fait des yeux de zombie pour lui rappeler de faire semblant d'avoir le regard fixe. Il a immédiatement commencé à regarder dans la narine gauche de Susan Renwick en même temps que le mur. Pradeep est un vrai pro. De sa meilleure voix innocente, Sanj a dit à madame Prentice :

— Je ne suis pas certain de ce qui s'est passé. Je crois que c'est quelque chose sur l'ordinateur de monsieur Swanson qu'il était en train de lire. Regardez par vous-même.

Sanj a alors tourné l'écran de l'ordinateur vers le visage de madame Prentice et a appuyé sur une touche du clavier. L'instant d'après, madame Prentice marmonnait :

— Froufrou, petit poissonnet.

— C'est juste trop facile, a dit Sanj, et il a fait son râlement sinistre encore une fois. Maintenant, a-t-il ajouté, venez avec moi, madame Prentice, avec tous vos petits zombies de poisson. Nous allons dans l'auditorium faire une communication à toute l'école.

Pradeep s'est levé et a rejoint la file de zombies d'élèves qui suivaient Sanj.

— Nous allons nous occuper de Mark et chercher Frankie, ai-je chuchoté. Toi, tu essaies d'arrêter Sanj.

Sami et moi, nous avons attendu que tout le monde soit parti avant de sortir de sous le bureau. Juste au moment où nous arrivions à la porte de la classe, nous avons entendu la chasse d'une toilette. Puis une autre, une autre et encore une. Puis, on a entendu le cri de Mark :

— Je vais te trouver poisson ! Tu ne peux pas te cacher de moi !

— Mark, avons-nous dit ensemble, Sami et moi.

Nous avons jeté un œil dans le corridor, toujours cachés derrière la porte. Les toilettes des garçons étaient dans la pièce voisine. C'est là que Mark se trouvait, ce qui voulait certainement dire que Frankie était dans les parages lui aussi.

Bon, d'accord. Il y avait trois raisons pour lesquelles je ne pouvais pas emmener Sami dans les toilettes des garçons avec moi :

1. Mark était là-dedans, et possiblement Frankie aussi. Ça ne serait donc pas trop joli à voir, ces deux-là dans la même pièce.

2. Il y avait des urinoirs dans les toilettes des garçons, et je ne voulais pas avoir à expliquer à une petite fille de trois ans ce que c'était.

3. La salle de toilettes des garçons est le seul endroit de l'école où un gars peut réellement se sentir entièrement certain de ne jamais rencontrer une fille. Si j'y emmenais Sami, je crois que je me serais senti comme si j'enfreignais un code sacré de toute la gent des garçons.

— Sami, il faut que je t'envoie dans un endroit sûr pendant que je vais aller aider Frankie, ai-je dit.

Mais quel endroit était exempt d'ordinateurs ou de tableaux ou de quoi que ce soit d'autre qui aurait pu zombifier Sami en lui transmettant le virus ? Puis, une petite lumière s'est allumée dans mon cerveau. Eh bien, mon estomac gargouillait, ce qui m'a fait penser que j'avais faim, ce qui m'a fait penser à la nourriture, ce qui m'a fait penser au repas du midi, ce qui m'a fait penser à la cantine... Eurêka ! Le seul endroit de l'école où il n'y avait aucun écran. Le seul endroit où Sami serait en sécurité.

— Va te cacher dans la cantine, Sami. Je vais aller te retrouver là-bas. C'est juste en bas de cet escalier, puis tout de suite après le coin.

Elle ne semblait pas vouloir y aller.

— Ils ont des biscuits, là-bas, ai-je ajouté. Sami s'est mise à sautiller pour descendre l'escalier

— Chuuuut, ai-je murmuré derrière elle.

— Ffffrrrrrouffffrrrou poissssonnnnnet, faisait son écho dans la cage d'escalier.

Je me suis faufilé dans les toilettes et me suis caché derrière la porte. Mark était en train d'ouvrir tous les robinets un à un. Juste au moment où il tournait le robinet du dernier lavabo, Frankie est sorti du tuyau dans un éclaboussement d'eau, il a fait une pirouette dans les airs au-dessus de la tête de Mark, puis par-dessus la paroi d'un cabinet de toilette, et s'est laissé tomber dans la cuvette.

— Maintenant, je te tiens, poisson, a dit Mark et un sourire sinistre de scientifique diabolique s'est dessiné sur son visage.

Mark a couru pour aller tirer la chasse de la toilette, mais Frankie a fait un bond dans la suivante juste à temps. On pouvait voir les éclairs des yeux verts de Frankie et de ses nageoires dorées lorsqu'il sautait par-dessus les parois. Et Mark le manquait de peu chaque fois. Une fois qu'il a eu atteint la dernière toilette, Frankie a rebroussé chemin pour se diriger de nouveau vers les lavabos. L'eau coulait toujours de chacun des robinets. Frankie a amerri dans le premier évier et Mark a couru vers lui avec un sachet de plastique. Frankie a essayé de s'échapper par la bonde, mais Mark avait bloqué les lavabos avec des serviettes de papier roulées en boule. Les lavabos se remplissaient jusqu'à déborder, et Frankie sautait désespérément de l'un à l'autre, essayant d'éviter le sachet de plastique de Mark. Il fallait que je sauve Frankie.

CHAPITRE 8

ÉPREUVE DE FORCE DU NINJA ZOMBIE

— Laisse Frankie tranquille! ai-je crié à Mark.

J'ai essayé d'attraper son bras, mais comme il y avait de l'eau qui coulait des éviers lorsque Mark m'a poussé, j'ai glissé sur le plancher et suis allé m'écraser contre la cabine de douche dans le coin de la pièce. La cabine était munie d'un drain de plancher, ce qui signifiait que Frankie pouvait s'échapper!

— Frankie! Par ici! ai-je crié en soulevant la grille qui refermait le drain.

Les yeux de Frankie se sont mis à briller d'un vert plus féroce. Il s'est propulsé de toutes ses forces hors du lavabo. Pendant que Frankie sautait, il faisait face aux miroirs devant le lavabo. Il s'est trouvé au niveau des yeux de Mark, et pendant un seul petit instant, son regard a croisé celui de Mark dans le miroir. Mark s'est soudainement mis à regarder à la fois le mur et l'intérieur de ma narine gauche. Frankie était en train de l'hypnotiser! Mais comme il est subitement retombé sur le sol, l'échange de regards a été interrompu. Pourtant, cela avait été juste assez pour stupéfier Mark.

Frankie a laissé le débordement d'eau le transporter sur le sol vers le drain. Il a agité la queue à mon intention en passant devant moi, puis il a été englouti par le drain, en sécurité, loin de Mark.

— Arnnmmrrggg, a grommelé Mark.

Il sortait de son état de zombie stupéfié. Il fallait que je me tire de là. Je me suis donc rué vers la porte en glissant sur le sol mouillé.

En arrivant en haut de l'escalier, j'ai entendu une annonce dans le haut-parleur. C'était la voix de madame Prentice, mais elle paraissait plutôt bizarre.

— Je demanderais à tous les élèves et les professeurs de syntoniser la chaîne interne de l'école sur les tableaux blancs et les ordinateurs. Nous allons maintenant passer une vidéo obligatoire sur la sécurité Internet. Tout le monde doit la visionner.

J'ai entendu le râlement sinistre de Sanj en arrière-plan. C'était ça. Sanj allait hypnotiser tout le monde de l'école. Je me suis croisé les doigts en espérant que Pradeep pourrait l'arrêter à temps. Je savais que Frankie était en sécurité. Il fallait que j'aille chercher Sami et ensuite aider Pradeep.

En entrant sur la pointe des pieds dans la cantine au sous-sol, j'ai entendu la voix de Sami. J'ai étiré le cou pour voir derrière la porte de la cuisine, et je l'ai vue, assise sur l'un des comptoirs de la cuisine, les préposées à la cantine rassemblées autour d'elle. Oh non! Et si les dames de la cantine avaient été zombifiées?! J'étais sur le point de sortir de derrière la porte pour surprendre les préposées zombifiées lorsque j'ai entendu Sami chanter :

— Un, deux, trois, quatre, cinq, une fois j'ai attrapé un poissonnet vivant...

Les dames se sont toutes mises à applaudir. Bien. Elles étaient occupées, c'était maintenant la meilleure chance que je pouvais avoir de venir à sa rescousse.

J'ai bondi dans la salle en prenant ma meilleure position de ninja.

— Yiiiii-haa! ai-je crié. Je suis là, Sami, je viens te sauver!

Elles se sont toutes retournées pour me regarder. Au début, elles m'ont jeté le regard classique de dames de la cantine. Un regard qui signifiait : «Ne te mêle pas de demander ce qu'il y a dans ce repas, parce que tu n'veux pas le savoir  et, de toute manière, je devrais ensuite te tuer si je te le disais.»

Puis, la préposée qui portait un filet à cheveux orange a souri et a dit :

— Oh, c'est le petit garçon qui s'est fait chiper son œuf par son grand frère ce matin. Vous vous souvenez? Je vous en ai parlé.

Puis, elles se sont toutes mises à sourire et à échanger des regards.

— Oh sapristi, oui, pauvre petite chose, a dit l'une d'elles.

Et elles ont toutes hoché la tête avec empathie.

— Alors, tu es venu chercher la petite princesse que voici? a demandé la préposée au filet orange en soulevant Sami du comptoir. Elle est arrivée toute seule en disant quelque chose au sujet d'un poisson-net; je lui ai donc demandé si elle connaissait des chansons sur les poissons, et elle s'est mise à chanter sur-le-champ. Tu es une très bonne petite chanteuse, n'est-ce pas? a-t-elle ajouté en tapotant le dessus de la tête de Sami.

Les autres préposées de la cantine ont hoché la tête.

Sami m'a regardé et s'est mise à glousser.

J'étais abasourdi. Jamais je n'avais entendu une dame de la cantine me dire autre chose que : «Encore des œufs?» Elles avaient toujours l'air si terrifiantes, mais celles-ci me paraissaient bien gentilles. Et, encore mieux, elles n'étaient pas des zombies de poisson.

— S'cusez-moi, m'dame? ai-je dit.

— Oh, comme il est poli, n'est-ce pas? Pas comme certains autres, dit l'une des dames.

Elles ont toutes hoché la tête de nouveau.

— Est-ce que quelqu'un d'entre vous a regardé un écran d'ordinateur ce matin ? leur ai-je demandé.

— Nous n'avons pas besoin d'ordinateur, ici, mon chou, a répondu la dame au filet. Pourquoi ?

J'ai pensé leur expliquer que mon grand frère scientifique diabolique et le grand frère diabolique génie de l'informatique de Pradeep avaient formé une société secrète diabolique nommée CADEPAC qui dirigeait l'école, et qu'en ce moment même ils prévoyaient transformer tous les élèves et le personnel en zombies de poisson. Mais j'ai changé d'idée.

Une autre annonce s'est fait entendre dans le haut-parleur :

— Tout le monde semble en ligne, nous allons donc commencer le programme. Je vais télécharger le virus… j'veux dire la vidéo sur la sécurité dès maintenant, a dit Sanj avec la voix de robot qu'il avait déjà prise la première fois. Continuez à regarder vos écrans jusqu'à ce que le film soit terminé.

Après quelques secondes, j'ai entendu le son horrible de centaines d'élèves et de professeurs qui marmonnaient tous en chœur :

— Froufrou, petit poissonnet.

Trop tard pour empêcher l'école d'être zombifiée. Mais je pouvais toujours les empêcher de nous le faire à nous et au reste du monde.

— Votre première mission, mes bons esclaves au regard de zombies de poisson, a continué Sanj, est de trouver ce petit crétin de Tom…

— Et son crétin de poisson, l'interrompit Mark.

— Et son crétin de poisson, a répété Sanj. Puis de me les ramener.

CHAPITRE 9

BATAILLE DES MORTS-VIVANTS DE ZOMBIES DE POISSON ROUGE

— Est-ce que ç'a quelque chose à voir avec la pièce de théâtre présentée par l'école? a demandé l'une des préposées. C'est sur les zombies, cette année? Ça ne me semble pas trop approprié pour une école primaire, si tu veux mon avis.

Les autres dames de la cantine ont hoché la tête de nouveau.

— C'est toi, Tom? a demandé la dame au filet à cheveux orange.

J'ai hoché la tête à mon tour.

— Moi, c'est Gladys, a-t-elle dit. J'espère que ça ne te dérange pas que j'le dise, mais on dirait bien que ça sent les problèmes, cette histoire.

— Ça peut sembler vraiment bizarre, mais je crois qu'il va y avoir beaucoup de zombies à regard de poissons hypnotisés qui vont venir ici pour nous chercher. Il faut qu'on parte, ai-je dit en prenant la main de Sami.

— Je crois que vous serez en sécurité ici. Ils ne se souviennent jamais de nous, les dames de la cantine. Z'ont probablement oublié notre existence, a dit Gladys dont le sourire s'estompait légèrement.

— Ça serait mieux que Sami et moi on s'en aille, ai-je dit.

J'ai attrapé un plateau de service et une spatule sur le comptoir, en me disant que nous aurions peut-être besoin de nous défendre contre les zombies au regard de poisson, et j'ai doucement poussé Sami vers le corridor. Nous sommes tombés sur madame Bouvard, la prof de français. Elle marchait vers nous en vacillant, marmonnant :

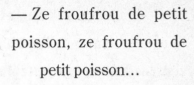

— Ze froufrou de petit poisson, ze froufrou de petit poisson...

J'ai repoussé Sami derrière moi et j'ai levé le plateau comme un bouclier pour bloquer le bras de madame Bouvard qui se dirigeait vers moi pour me frapper. Elle s'est arrêtée net. Elle a fixé son reflet dans la surface de métal luisant du plateau et a commencé à gémir comme l'avait fait Mark dans les toilettes des garçons lorsque Frankie l'avait hypnotisé. Il semblait que, d'une manière ou d'une autre, voir leur propre regard de zombie réfléchi dans un miroir stupéfiait les zombies de poisson. Ça pourrait bien être le moyen de les combattre !

Nous sommes retournés dans la cuisine, et j'ai pris Gladys à part.

— J'ai un plan, lui ai-je dit, mais il faudrait que toutes les dames de la cantine nous aident.

Gladys avait l'air perplexe.

— Il faut, ai-je essayé de lui expliquer, utiliser les plateaux en métal luisant pour refléter aux élèves et aux professeurs qui ont été zombifiés leur propre regard de zombie de poisson.

— J'ai toujours dit que ces plateaux étaient assez propres pour qu'on puisse se regarder dedans comme dans un miroir, a dit Gladys avec fierté, mais je ne suis pas certaine si les autres préposées vont pouvoir s'en tirer. Ça ne sera pas bon du tout pour la pression de Betty, et Carol nous disait justement il y a quelques minutes qu'elle sentait arriver une migraine.

J'ai regardé Sami, puis Gladys.

« On ne pourra pas y arriver seuls, ai-je pensé. Il va nous falloir une arme secrète. »

Au même moment, les tuyaux au-dessus de l'évier se sont mis à gargouiller, puis le robinet s'est ouvert. Frankie est sorti dans un jet d'eau, pour atterrir dans

la grande cuve en acier inoxydable. Les autres dames de la cantine se sont mises à hurler.

— Mettez la sourdine, mesdames, a crié Gladys. Vous n'avez jamais vu un poisson dans une cuisine avant aujourd'hui?

Frankie a sauté hors de l'évier et est retombé dans un pichet de boisson à l'orange qui traînait sur le comptoir. J'ai pris le pichet.

— Frankie, tu es revenu sain et sauf! ai-je dit, tellement soulagé de le voir. Frankie a agité sa queue contre ma main pour me faire un tope là façon poisson.

Puis, j'ai entendu des pas à l'étage au-dessus de nous. Beaucoup de pas. Les zombies avaient dû entendre crier les préposées à la cantine. J'ai couru jusqu'aux portes de la cuisine et j'ai inséré le manche d'un balai entre les poignées pour les bloquer. Les dames de la cantine m'ont dévisagé.

— Je les ai vus faire ça, une fois, à la télé, ai-je dit.

Puis, elles ont hoché la tête.

Sami a serré ma main. Les yeux de Frankie étaient devenus d'un vert vif, et il se débattait

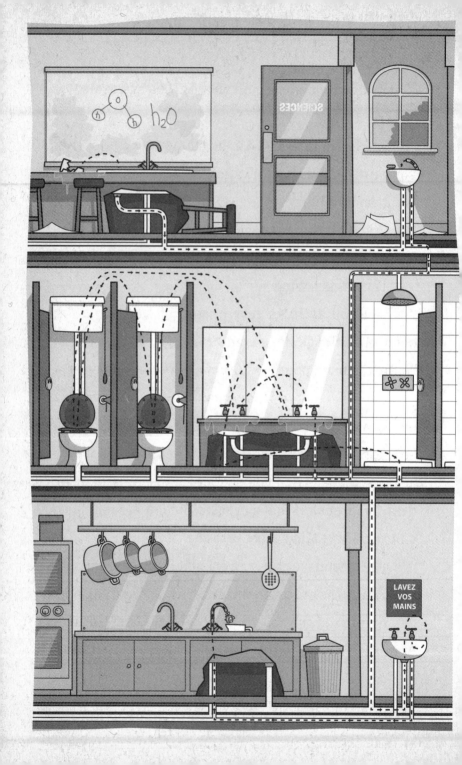

frénétiquement dans son pichet. Gladys a jeté un regard sur lui.

— Ne le regardez pas directement dans les yeux, l'ai-je avertie, sinon, vous attraperez le regard de zombie comme tous les zombies de poisson qui sont en haut. Sauf que ce serait un peu moins grave, parce que si Frankie vous hypnotise, alors c'est lui qui peut décider ce que vous faites, et non la CADEPAC.

Elle a de nouveau eu l'air perplexe.

— Alors, le poisson rouge peut lui aussi zombifier les gens, mais d'une bonne manière? a-t-elle dit.

Puis, une énorme lampe de poche s'est allumée dans mon cerveau, me montrant la grosse ampoule d'une idée simplement géniale.

— Ouaiiis! C'est ça que Frankie peut faire. Et c'est exactement ce que nous devrions faire! ai-je crié. Vous êtes un génie, Gladys!

J'ai apporté Frankie devant les autres dames de la cantine et je leur ai demandé de le regarder dans les yeux jusqu'à ce qu'elles soient zombifiées. Frankie pourrait alors exercer son emprise sur elles (sans faire augmenter la pression de Betty ni donner une migraine à Carol ni effrayer aucune d'elle plus qu'elles ne l'étaient déjà). J'ai chuchoté le plan à Frankie, celui qui consistait à refléter les regards de zombies au moyen des plateaux, puis à hypnotiser de nouveau les zombies pour les faire passer sous son emprise à lui. Il a ordonné à toutes les dames de prendre les plateaux métalliques réfléchissants et de se préparer au combat.

Les bruits de pas étaient maintenant dans l'escalier, et on entendait des coups sur les portes de la cantine. Si ça se trouvait, Pradeep pouvait bien être un zombie lui aussi, à l'heure qu'il était. J'ai soulevé le pichet contenant Frankie pour qu'il puisse zombifier Gladys aussi.

— Ne fais pas l'idiot, a-t-elle dit. Il faut que quelqu'un garde tous ses esprits. Et, de plus, j'ai vu plus de films de zombies que tu n'as pris de repas à la cantine. Ne jamais les regarder dans les yeux. Ne jamais se rendre…

Elle m'a fait un clin d'œil et a levé un plateau argenté comme un bouclier.

Soudain, les zombies de poisson sont entrés en trombe dans la cuisine en psalmodiant :

— Froufrou, petit poissonnet.

Les dames de la cantine se sont toutes servies de leur plateau pour les stupéfier un à un… Puis, j'ai couru avec Frankie pour qu'il puisse rezombifier les ex-zombies. Graduellement, nous avions de plus en plus d'élèves et de professeurs de notre côté ; et ils prenaient des plateaux pour participer au combat.

Mon émetteur-récepteur s'est soudain mis à cliqueter :

Court, court, long, long.

Court, court, long, long.

Court, court, long, long.

Court, court, long, long.

Long, long.

Long, long.

Court, court, long, long.

Court, court, long, long.

Ç'a duré aussi longtemps parce que je n'avais pas de mains libres pour y répondre. J'ai tendu à Sami le pichet avec Frankie dedans.

Pradeep cliquait sur l'air de *Londres flambe*, ce qui signifiait… qu'il était dans un gros pétrin.

CHAPITRE 10

TRANSFORMATION DES DAMES DE LA CANTINE

— Il faut aller aider Pradeep! ai-je crié à Gladys qui tenait deux plateaux à la fois et qui venait de stupéfier les deux secrétaires de l'école d'un seul coup.

— Qui? demanda-t-elle.

— Le garçon des Choco-Crocs sur pain grillé! ai-je répondu.

— Houlà, je me fais du souci pour son alimentation, à celui-là, a-t-elle soupiré. Vas-y, et emmène la petite princesse avec toi. Nous allons continuer à stupéfier ces zombies jusqu'à ce que tu reviennes avec le poisson rouge.

J'ai regardé tout autour de moi. Il n'y avait aucun moyen de traverser cette armée de zombie de poissons pour me sauver par l'escalier. Monsieur Walker, le prof de gym, occupait toute l'embrasure de la porte, et aucune des dames de la cantine n'était suffisamment grande pour le dézombifier. Il fallait que j'aille retrouver Pradeep. Puis, j'ai aperçu une minuscule porte derrière le comptoir de la cuisine.

— Qu'est que c'est que ça ? ai-je demandé à Gladys.

— Oh, c'est un vieux monte-charge qui ne sert plus depuis des années. Lorsqu'il y avait de grands événements dans la grande salle, en haut, ils envoyaient les plateaux et les assiettes et tout ça par là.

J'ai ouvert la petite porte. Le monte-charge était petit, mais juste assez grand pour que Sami puisse y entrer. Au moins, je pourrais la faire sortir d'ici, puis il faudrait que j'aille braver l'armée des zombies de poisson en espérant que tout se passe pour le mieux. J'ai aidé Sami à se faufiler dans l'ascenseur miniature. Au début, elle s'accrochait à ma main, puis elle l'a lâchée et je lui ai tendu le pichet contenant Frankie.

— Apporte Frankie en haut, je vais venir te retrouver, ai-je dit.

J'ai refermé la porte et tiré sur les cordes pour la faire monter. J'ai entendu un « Whoouuuu ! » assourdi lorsque la petite plate-forme s'est élevée.

Il ne me restait maintenant plus qu'à essayer d'éviter monsieur Walker. Il me fallait déjouer le prof de gym et le battre à son propre jeu. J'ai couru vers lui, et j'ai esquivé à gauche, à droite, puis j'ai plongé entre ses jambes pour sortir de l'autre côté. Ouaiiiis ! J'ai feinté hors de portée de madame Fletcher, la bibliothécaire, puis j'ai fait un bond pour éviter les jumelles

Mackenzie. C'était comme jouer à *Héros défenseur contre les zombies* à l'ordinateur, mais avec beaucoup de chants de «froufrou petit poissonnet» au lieu de super effets de son de tirs au laser.

J'ai monté l'escalier en quatrième vitesse, puis j'ai couru dans le corridor jusqu'à l'auditorium, où arrivait le monte-charge. J'ai ouvert la petite trappe coulissante, mais la cavité était vide. Pas de Sami. Pas de Frankie.

L'énorme tableau blanc de l'auditorium s'était mis en marche de nouveau. Une voix est sortie des haut-parleurs :

— Hé! Crétin!

C'était Mark, cette fois.

— Devine qui vient juste de nous rendre une petite visite?

Une image s'est mise à vaciller sur le tableau blanc. On y voyait Sami, coincée dans la corbeille à papier du labo de sciences. Cette petite avait la mauvaise habitude de se retrouver coincée dans les poubelles. Puis, la caméra a fait un panoramique autour de la salle. Il y avait Frankie dans son pichet en plastique rempli de boisson à l'orange. Au-dessus de lui se trouvait toute une série d'éprouvettes bouillonnantes et de tubulures de verre qui contenaient un liquide vert phosphorescent. Le liquide en ébullition remontait dans un bécher, puis, lorsqu'il atteindrait la fin de sa course, il se renverserait… sur Frankie.

La caméra s'est ensuite dirigée vers Sanj, qui était assis devant son ordinateur portable. Il regardait directement l'objectif.

— J'ai maintenant réglé l'horloge du décompte. Dans exactement cinq minutes, le virus zombie de poisson de la CADEPAC sera téléversé sur Internet. Puis, il se répandra à tous les ordinateurs de la planète, et tout le monde va voir que je suis plus doué que quiconque à cette stupide école pour les doués.

Sanj a alors produit son râlement sinistre.

— Essaie de m'arrêter, pour voir, petit crétin! a-t-il ajouté.

CHAPITRE 11

PERSONNE NE SOUPÇONNE UN ZOMBIE

Au même moment, certains élèves zombifiés arrivaient en titubant dans l'auditorium, et Pradeep était du nombre.

Lorsqu'ils se sont approchés, j'ai vu qu'un Darren Schultz zombifié se tenait à sa gauche et que les zombies des jumelles Mackenzie étaient à sa droite. Il n'y avait aucun moyen que je puisse m'occuper de tous ceux-là en même temps. Si seulement j'avais un miroir... J'ai couru jusqu'à la porte pour me diriger vers les toilettes des garçons. Les zombies m'ont suivi. Je suis allé me placer devant les miroirs alors que les zombies se rapprochaient. Darren a été le premier à s'immobiliser, stupéfié. Puis, les jumelles Mackenzie se sont arrêtées elles aussi. Pradeep a regardé à droite, puis à gauche.

— Oh, je vois que tu as renversé les effets du regard de zombie en les forçant à croiser leur propre regard dans le miroir. C'est vraiment super, Tom, a dit Pradeep.

— C'est ça que je suis en train de faire? ai-je dit. Hé, attends, mais tu n'es pas un zombie de poisson, en fin de compte.

— Non, je te cherchais pour t'avertir que Sanj était sur le point de mettre le virus sur Internet, lorsque Darren et les jumelles se sont mis à me suivre. Je ne pouvais pas griller ma couverture, sinon ils m'auraient fait prisonnier.

— Il faut aller au labo de sciences, Pradeep, ai-je dit. Ils ont Frankie et Sami!

— Au pas de course, a dit Pradeep, qui se précipitait déjà vers l'escalier.

Lorsque nous sommes arrivés au labo de sciences, j'ai regardé l'horloge qui égrenait les secondes sur le portable de Sanj : 02 : 43. Il ne nous restait plus que 2 minutes et 43 secondes pour les arrêter.

Pradeep m'a fait un clin d'œil juste avant d'entrer, puis il a repris son regard de zombie. Il m'a attrapé les bras et m'a tiré dans la classe.

— Froufrou, petit poissonnet, a-t-il dit d'une voix monocorde.

— Crétin ! a crié Mark. Génial. Et tu arrives trop tard. Ha ! Le poisson est sur le point de devenir un déchet toxique.

— Et tu es sur le point de voir mon virus informatique se propager dans le monde entier dans moins de 2 minutes et 11 secondes, a dit Sanj.

Pradeep s'est rappro- ché de Frankie en titubant et en

me tenant bien serré comme si j'étais son prisonnier. J'ai fait semblant de me débattre.

Sami nous regardait tandis qu'elle essayait de se dégager du bac. Elle m'a souri, puis elle a tiré une petite langue rouge comme une framboise à Pradeep.

— Ptbblllllllllbbbbbbbbbllllbbbbbb ! Méchant Pradeep, a-t-elle dit.

Sanj m'a fait un sourire mauvais.

— Je pense que c'est tellement approprié que mon stupide crétin de petit frère, ton petit crétin de meilleur ami, soit celui qui t'ait ramené à nous. C'est seulement trop triste. J'veux dire, il n'a même pas pu se défendre ou quelque chose comme ça…

Sanj a continué à parler sans même se rendre compte que Pradeep se rapprochait à pas de zombie du cordon d'alimentation du portable, qui pendait de l'autre côté de la table. Pradeep a lentement tendu la main et a donné un coup sec sur le cordon, tirant le portable hors de portée de Sanj.

— Stupide petit crétin, hein ? a dit Pradeep en commençant à taper sur le clavier. Alors, comment j'ai pu

mémoriser ton super long mot de passe «impiratable»
juste en te regardant le taper au clavier? Maintenant,
je peux éteindre ce truc.

Les doigts de Pradeep papillonnaient sur le clavier. Mark et Sanj se sont tous les deux précipités pour
l'arrêter.

J'ai attrapé le pichet de plastique de Frankie, et je
l'ai jeté sur Mark. Il l'a atteint juste sur la tempe et lui a
fait perdre l'équilibre. Il s'est retourné vers moi.

— Tu viens de faire tout le travail pour moi, crétin, te débarrasser du poisson! Maintenant, il me reste
plus qu'à me débarrasser de toi.

CHAPITRE 12

COMPTE À REBOURS DU VIRUS ZOMBIE

Sanj a arraché l'ordi des mains de Pradeep et a poussé son frère sur le sol. Vous savez, c'est vraiment pas juste, que peu importe que nous soyons plus brillants que nos diaboliques grands frères, eux ils fassent toujours 60 centimètres de plus que nous et soient généralement capables de nous écraser quand ils le veulent. J'ai regardé Pradeep se faire écraser par son frère, et je savais que ce n'était que l'affaire de quelques secondes avant que ce soit mon tour.

— Il reste 45 secondes et encore 5 caractères à entrer pour saisir mon mot de passe, a ricané Sanj. Il n'y a désormais plus moyen de m'arrêter. Je vais avoir tout un monde d'esclaves zombies de poisson à mes pieds! Tu perds et moi je gagne, na-na-na na-na.

— Et toi aussi, tu perds tellement! a dit Mark en me rattrapant et en me serrant les bras pour m'empêcher de bouger.

J'ai regardé Mark directement dans les yeux, et c'est alors que j'ai utilisé mon arme secrète. J'ai ouvert la bouche, et Frankie en est sorti, giflant de toutes ses forces le visage de Mark de sa queue, jusqu'à ce que mon frère tombe à la renverse dans le filet à moustiques dans lequel j'avais été pris un peu plus tôt. J'ai rapidement enroulé le filet autour de lui tandis que Frankie se laissait tomber sur le plancher et qu'il glissait sur la surface mouillée en patinant vers Sanj.

— Attention, Frankie ! a crié Pradeep comme Sanj donnait des coups de pieds sur le sol pour essayer de l'écraser. Mais Frankie a sauté sur le rebord de la botte de Sanj, a fait un bond par-dessus sa tête et a atterri sur le portable.

À l'horloge, il restait 10 secondes. Frankie s'est renversé sur le clavier, frappant vigoureusement sur les touches du clavier avec sa queue tout en évitant le poing de Sanj. Le tic-tac de l'horloge se poursuivait :

7 . . .

6 . . .

5 . . .

Tchack, tchack, tchack faisait la queue de Frankie sur les touches.

4 . . .

3 . . .

2 . . .

Tap, tap, tap.

1 . . .

Puis l'ordinateur s'est figé.

Sanj a regardé l'écran d'un air ahuri.

— Impossible, a-t-il dit. Comment un poisson peut-il taper un code?

Sanj s'est effondré sur le sol en se parlant tout seul.

— Ouais, il faut vraiment que tu sois un stupide petit crétin pour qu'une poignée d'enfants plus jeunes que toi et un poisson réussissent à te déjouer, ai-je dit. N'est-ce pas, Frankie?

C'est alors que j'ai vu le poisson rouge.

— Poissonnet pas froufrou?

Sami se débattait dans la corbeille en montrant du doigt Frankie, qui se tenait immobile sur le clavier du portable.

— Non, Frankie, tu ne peux pas! Pas maintenant! ai-je dit. Vite, il faut le mettre dans l'eau!

Pradeep a couru chercher le pichet sur le plancher et l'a rempli au robinet.

J'ai délicatement déposé Frankie dans l'eau pendant que Pradeep libérait Sami de la corbeille. Elle l'a entouré de ses bras à la hauteur des genoux.

Sanj continuait à marmonner tout seul sur le plancher :

— Comment a-t-il pu faire ça? Comment le poisson a-t-il réussi à deviner le code?

Sami a trottiné vers Sanj et a enfoncé la corbeille à papier sur sa tête.

— Méchant Sanj! a-t-elle dit.

Les dames de la cantine que Frankie avait hypnotisées entrèrent dans le labo en trombe, Gladys sur leurs talons.

— Je ne sais pas ce qu'elles font, a-t-elle dit. Betty vient de mettre un œuf sur une assiette et Carol a pris un petit pain moisi, puis elles se sont toutes dirigées ici. Nous avons fini de stupéfier tous les professeurs et les élèves, de toute manière. Sauf que personne n'est assez grand pour atteindre monsieur Walker.

Ethel et Mildred l'ont tout de même coincé dans un coin…

— Je crois que Frankie a dû les appeler d'une manière ou d'une autre, l'ai-je interrompue, et leur a envoyé un message pour qu'elles apportent ce dont il a besoin. Regardez !

— Oh ! Il n'a pas l'air bien, n'est-ce pas ? Pauvre poisson. Il a l'air affamé. Pas étonnant qu'il ait voulu un œuf et du pain, mais pourquoi ceux qui sont moisis ?

— Parce qu'ils sont verts ! Pradeep et moi avons-nous dit en même temps.

Je me suis rendu compte qu'il m'arrivait souvent de parler en même temps que quelqu'un d'autre. Il fallait que je travaille là-dessus. J'ai vérifié que personne n'était sur le point de parler, avant d'ajouter :

— Il aime juste les aliments verts.

J'ai pris l'œuf et le petit pain moisi et je les ai émiettés dans le pichet. Frankie a gigoté un peu, puis sa bouche s'est mise à s'ouvrir et à se refermer. Il a commencé à gober des morceaux d'œufs et de pain moisi.

Il m'a regardé du fond de son pichet, m'a fait un clin d'œil puis a agité la queue.

— C'est bon de t'avoir retrouvé, Frankie, ai-je dit en flattant délicatement sa nageoire supérieure. Il faut seulement que tu nous aides encore pour une chose, ai-je ajouté avant que Pradeep et moi on lui murmure l'étape suivante de notre plan.

CHAPITRE 13
FINALE EN QUEUE DE POISSON

Nous avons aussi attaché Sanj dans la moustiquaire, et nous avons laissé Frankie les zombifier tous les deux, Mark et lui, afin qu'ils n'essaient pas de s'échapper. Puis, nous sommes descendus au sous-sol, et Frankie a zombifié de nouveau les zombies stupéfiés par la CADEPAC, pour qu'ils soient sous son emprise. Il leur a tous commandé de se rendre dans l'auditorium, y compris aux dames de la cantine et à madame Kumar. Pradeep a écrit le message suivant sur le tableau blanc : «Bienvenue à l'assemblée d'appréciation des dames de la cantine!»

Frankie a alors libéré tout le monde de son emprise, et tous sont revenus à la vie. Les regards de zombie se sont volatilisés.

— C'est comme si on avait réinitialisé tout le monde, a dit Pradeep.

Au signal, Pradeep, Sami et moi avons commencé à chanter :

— Car ce sont les bonnes dames d'la cantine, car ce sont les bonnes dames d'la cantine, personne peut le nier !

Et tout le monde s'est plus ou moins mis à chanter avec nous. Les dames de la cantine avaient l'air surprises, et quelques-unes d'entre elles ont même piqué un fard. Gladys souriait plus que jamais.

Madame Prentice avait l'air tout à fait confuse de se trouver debout au microphone à l'avant de l'auditorium. Elle a lu ce qui était écrit sur le tableau blanc, s'est tournée vers les visages souriants des dames de la cantine et a dit :

— Oui, heu, bien sûr, l'école ne pourrait fonctionner sans le dévouement de notre précieux personnel de cuisine.

— Trois hourras pour les dames de la cantine, ai-je crié.

Toute la salle a répondu :

— Hip, hip, hip, hourra ! Hip, hip, hip, hourra ! Hip, hip, hip, hourra !

— Et encore un pour la chance, ai-je ajouté.

— Hip, hip, hip, hourra ! a crié tout le monde.

Lorsque l'assemblée a pris fin, nous avons dit à madame Prentice que nous avions trouvé les petits et les rats (qui, comme on sait maintenant, n'ont rien à voir avec des rats, quoique, peut-être, avec des rats de laboratoire) qui avaient déclenché la fausse alarme et trafiqué les ordinateurs, et qui étaient ligotés dans le labo de sciences. Pradeep et moi avons pris de l'avance, et Pradeep a nettoyé l'ordinateur de Sanj du virus juste à temps.

Mark et Sanj étaient toujours ligotés lorsque madame Prentice et madame Kumar sont entrées.

— Stupide crétin, d'avoir laissé un poisson craquer ton code! a crié Mark.

— Non, c'est toi le stupide crétin, qui n'a pas réussi à attraper le poisson pour commencer! a rétorqué Sanj, en criant lui aussi.

— Tu es tellement pas assez diabolique pour faire partie de ma bande, a dit Mark.

— Et toi, tu es bien trop inférieur intellectuelle-
ment pour faire partie de ma bande, a répondu Sanj.

Mark a eu l'air de faire de gros efforts pour comprendre ce que Sanj venait juste de dire, puis il a décidé
de laisser tomber et il a bousculé Sanj à la place.

— On s'en fout ! a-t-il grommelé.

Madame Prentice s'est penchée vers Sanj et
Mark.

— J'ai parlé au directeur de l'école secondaire,
de sorte que vous pouvez ajouter l'absentéisme à vos
autres délits, comme le trafiquage de l'alarme incendie et le piratage de l'ordinateur de l'école.

En fait, madame Prentice était en train de leur
dire qu'ils étaient cuits.

— Je crois, mes garçons, que vous allez devoir
vous expliquer, a-t-elle ajouté.

Elle a poussé les garçons vers son bureau, la mère
de Pradeep sur leurs talons à réprimander Sanj. Puis,
madame Kumar s'est arrêtée et s'est retournée.

— Samina, a-t-elle appelé sa fille.

Sami est sortie en sautillant du labo de sciences, portant la boîte-repas de Pradeep.

— Ah! merci, Samina. Tiens, voilà ton repas, Pradeep, a ajouté madame Kumar avant de s'arrêter un instant. Oh, j'ai failli oublier, le voilà comme tu l'aimes.

Et elle a secoué la boîte-repas de Pradeep avant de la lui donner.

Pradeep m'a jeté un regard qui voulait dire : «Je parie que tu sais pourquoi elle a fait ça, mais je ne vais pas te le demander maintenant.» Et j'ai su exactement ce que son regard voulait dire.

Sami nous a envoyé la main en trottinant derrière sa mère.

— Bye, froufrou petit poissonnet secoué, a-t-elle dit en riant.

Pradeep a ouvert la boîte-repas... et est tombé nez à nez avec Frankie dans le sachet de plastique, dans lequel je l'avais mis après l'assemblée en l'honneur des dames de la cantine. Les globes oculaires du poisson rouge tournoyaient dans leurs orbites proéminentes.

— Pauvre Frankie, ai-je dit. Je ne crois pas qu'il va vouloir revenir à l'école.

— Hé, Frankie, allons voir les dames de la cantine, a dit Pradeep.

— Ouais, j'parie qu'elles vont pouvoir te trouver quelque chose de vert à manger, ai-je ajouté.

Frankie a fait froufrouter sa queue, et il a même eu l'air de nous faire un tope là avec sa nageoire gauche.

Dans la cantine, Gladys nous a dit qu'elle garderait notre secret concernant Frankie.

— C'est vraiment le plus mignon petit poisson-zombie, a-t-elle dit.

Je crois que Frankie a rougi, mais c'était difficile à dire, à cause des écailles.

— Et, de plus, a-t-elle continué, c'est la journée la plus palpitante que je n'ai jamais eue au travail. Et ne t'en fais pas, la prochaine fois que tu seras dans la file du petit déjeuner, je te donnerai un œuf de plus.

Elle m'a tapoté le bras avec sa spatule et m'a souri.

Mon estomac s'est contracté à cette pensée, mais Frankie, lui, s'est mis à gigoter d'excitation. J'imagine que je pourrais toujours rapporter l'œuf à la maison pour lui faire une petite gâterie. Parce qu'à partir de maintenant, Frankie sera plus en sécurité à la maison. Je ne m'étais jamais rendu compte à quel point l'école pouvait être dangereuse. Heureusement, nous avons un bon gros zombie de poisson rouge pour nous aider lorsque les choses se corsent. Je me demande s'il est bon avec les tables de multiplication...

REMERCIEMENTS

Il y a tellement de personnes à remercier d'avoir pris *Mon bon gros zombie de poisson rouge* par la nageoire pour le mener jusqu'à sa publication.

Tout d'abord, je dois remercier les bénévoles et les membres de la SCBWI (Society of Children's Book Writers and Illustrators). Je n'aurais jamais pu écrire ce livre sans le soutien que la SCBWI m'a apporté au fil des ans. J'ai écrit *Mon bon gros zombie de poisson rouge* dans le cadre d'un concours de la SCBWI dirigé par Sara Grant et Sarah Manson. Merci donc à toutes les deux.

Je désire aussi remercier mes amis de notre fantastique groupe de critiques, Sue Hyams, Paolo Romeo et Liz De Jager, de m'avoir encouragée et réconfortée aux moments où j'en ai eu le plus besoin, et d'avoir permis à mon manuscrit de terminer son long périple.

Je veux remercier Brady le poisson rouge (qui habite chez ma merveilleuse agente, Gemma Cooper). C'est à cause de Brady que Gemma a demandé à lire le manuscrit de *Mon bon gros zombie de poisson rouge*, lorsque nous nous sommes rencontrées à un congrès de la SCBWI, l'année dernière. Je dois aussi, bien sûr, remercier Gemma d'être tout ce que l'on peut attendre d'une agente et d'une amie, et d'avoir travaillé avec moi à ce manuscrit pour le rendre aussi solide que possible avant de le jeter comme une bouteille à la mer, où il a été repêché par Emma Young et Sam Swinnerton chez Macmillan.

Il me faut aussi remercier plus particulièrement Ruth Alltimes, Emma, Sam et toute l'équipe de Macmillan Children's Books d'avoir écouté, encouragé, publié et assuré la promotion, et d'avoir fourni certains des meilleurs jeux de mots sur les poissons que je n'ai jamais entendus.

Et enfin, merci à mes amis d'avoir cru en moi, et aussi à mon fiancé, Guy, et à mes enfants, Daniel et Charlotte, qui ont fait en sorte que ce qui aurait pu être quelques années difficiles se soit transformé en une période remplie de plaisir. Merci pour les cafés et les câlins.

MO O'HARA

Mo O'Hara a grandi en Pennsylvanie, aux États-Unis, mais elle habite maintenant dans le sud-est de Londres. Elle a commencé sa carrière d'écrivaine et de comédienne en faisant la tournée des écoles du Royaume-Uni et de l'Irlande à titre de conteuse. En plus d'écrire des livres pour enfants, Mo a aussi écrit des sketchs comiques pour Radio 4, et elle a présenté sur scène ses propres créations à Londres et à Édimbourg. Mo et son grand frère ont jadis sauvé leur propre poisson rouge de la mort.

NE MANQUEZ PAS LA SUITE DES AVENTURES

Mal de mer

CHAPITRE 1
UNE ROUTE LONGUE ET SINUEUSE

Sur le siège arrière de la voiture de mon père, Pradeep paraissait plus vert que les yeux de mon zombie de poisson rouge nommé Frankie. Chaque fois que p'pa négociait un autre virage en épingle, la peau de Pradeep prenait une teinte de vert encore plus foncé. Nous nous rendions à l'endroit que p'pa avait réservé pour les vacances. Généralement, seuls mon père, mon scientifique diabolique de grand frère Mark, le père de Pradeep et son diabolique génie de l'infor-matique de grand frère Sanj partaient pour la longue fin de semaine d'été. Mais cette année, Sanj était au camp informatique, et pour la première fois, p'pa nous

a dit que Pradeep et moi nous étions assez vieux pour venir. Il n'y avait rien qui allait ruiner cette fin de semaine!

Pas Pradeep, qui était sur le point de vomir pour la cinquième fois en quatre heures (je le savais à cause de cet air surpris qu'il a eu de nouveau). Pas Sami, la petite sœur de trois ans de Pradeep, qui a dû venir avec nous parce que dès que nos mères ont su que Pradeep et moi on y allait aussi, elles ont réservé des places pour une fin de semaine « boue et massage ». (Ce que je ne comprenais pas du tout, parce que les mères détestent que nous ayons de la boue sur nos chaussures. Et elles détestent vraiment la boue sur la moquette du salon. Mais, apparemment, sur leur visage elles adorent ça. Allez savoir!) Cette fin de semaine ne serait même pas ruinée par Mark, qui ne m'adressait plus la parole depuis qu'il avait su que Pradeep, Sami et moi, nous venions. Si seulement il cessait aussi de me taper dessus tout le temps, tout serait parfait.

— Sac, a marmonné Pradeep lorsque nous sommes passés sur une grosse bosse dans la chaussée.

— Sac, j'ai dit à Sami, qui rebondissait dans son siège d'auto à côté de moi.

Elle m'a passé l'un des sacs vomitoires qu'on trouve dans les avions et que la mère de Pradeep avait mis dans les bagages pour le trajet. Je l'ai déplié et je l'ai tendu à Pradeep. La mère de Pradeep commande ces sacs à vomi super résistants sur Internet parce qu'ils peuvent en contenir beaucoup sans se déchirer. Et ils font les meilleures bombes du monde, parce qu'ils ne s'ouvrent jamais avant d'avoir atteint leur cible. Dommage de les gaspiller pour du vomi. Mais un enfant doit vivre sa vie d'enfant.

Splouch! Pradeep a rempli un sac, puis a regardé par la fenêtre.

— Quand est-ce qu'on arrive? a-t-il demandé.

— Quand est-ce qu'on arrive? chantonnait Sami dans son siège.

P'pa regardait droit devant lui, sur la route sinueuse.

— Environ une vingtaine de minutes, peut-être, a-t-il dit.

Le père de Pradeep regardait son téléphone intelligent.

— Nous sommes à exactement 21,3 kilomètres de notre destination.

Le père de Pradeep aurait pu avoir un travail dans l'un de ces services de NAVSAT qu'il y a dans les voitures. Il a la voix parfaite pour ça. Vous pourriez totalement croire qu'il sait où il s'en va même si ce n'est pas le cas. Mais je ne crois pas qu'il y aurait assez de place pour le mettre sur le tableau de bord.